Imaginäre Berichte

Anton Fuchs

Imaginäre Berichte

Erzählungen

Europaverlag

Umschlag von Georg Schmid

© 1974 by Europa Verlags-AG Wien
Printed in Austria
Druck Elbemühl Wien
ISBN 3-203-50500-2

Inhalt

Lebenslauf I

Wenn man bedenkt, daß alles gegenwärtige
Leben aus den Tiefen der Vergangenheit
kommt, daß nichts einen eindeutigen Anfang hat, daß jeder von uns aus der Ver-
einigung zweier Zellen stammt, die einst
seinen Eltern, ihren Eltern und die wiederum deren Eltern angehörten...

Einst war ich ein Punkt, so winzig, daß man mich mit
freiem Auge kaum hätte wahrnehmen können. Doch
schon vier Tage danach hatte ich mich zu einem Gebil-
de entwickelt, das einer hohlen Maulbeere glich. Und
vier Wochen später sah ich aus wie ein Molch: ohne
Gliedmaßen, mit wuchtigem, tief nach vorne ge-
krümmtem Schädel.

Gleich einer Pflanze hatte ich mich eingenistet,
schlug Wurzeln und ernährte mich vom Baume der
Plazenta.

Ich kann mich jener Zeit nicht mehr erinnern, doch
weiß ich wohl um den enormen Drang, zu wachsen
und aus dem Rumpf zusehends Arme vorzuwölben,
aus ihnen Fäuste, Finger; tief unten Beine, Zehen. Ich
schuf mir Augen, Ohren und Gehirn. Gestaltete aus
eigener Kraft mein Herz, das bis zu diesem Augenblick nie aufgehört hat, Blut zu pumpen.

Am Kabel meiner Nabelschnur schwamm ich in
Finsternis durch die Äonen. Welch weiter Weg!
Welch wunderliche Formen meines Schädels liegen
hinter mir! Ich war so viel dem Anschein nach. Schien
eine Weile einem Fische gleich und war es nicht. Sah
wie ein Zwitter aus, unschlüssig schwankend zwischen
den Geschlechtern, und war doch Mann vom ersten
Augenblicke an. Ein kleiner Mann im Türkensitz, von
ernstem Angesicht. Zuweilen träumerisches Lächeln.
Oft schlug ich auch um mich...

Bis ich, des warmen Kerkers überdrüssig, begann,
mit meinem Kopf den Ausgang zu berennen und —
endlich jäh ins Freie stieß!

Sogleich an beiden Füßen hochgehoben und geschlagen, tat ich den ersten Atemzug und meinen ersten hellen Schrei.

Die Welt war kalt, voll Lärm und grell.

In solcher Szenerie, bettlägrig lange noch, ein Kahlkopf, hilflos, ohne Zähne, trank ich mich immer wieder satt. Und schlief. Und brüllte oft vor Unbehagen, vor allem nachts, wenn meine großen Eltern schlafen wollten.

Doch nach und nach fand ich mich ab. Erkannte Licht und Finsternis. Betrachtete die Welt hoch über mir, die eigenen bewegten Finger. Gesichter auch, großflächig über mich gebeugt.

Dann lallte ich und jauchzte vor Vergnügen.

Ich war ein kleiner Mann, auf den man stolz war. Der täglich badete. Der weit in seinem Wagen fuhr. Der auf der Decke in der Sonne lag und einmal flüchtete, auf allen vieren, und Gras und Erde fraß.

Ein Mensch, der das Sitzen, das Stehen, der die ungeheure Fertigkeit erlernte, auf seinen Hinterbeinen tapfer voranzustapfen. Ein Zwerg, der zwischen Riesen einherschritt, von ihnen da und dort an beiden Armen schwindlig hoch emporgehoben, wenn ein See im Wege lag.

Ein Zwerg, der selig war, wenn er auf andere Zwerge stieß.

Ich wurde ein Trommler und Trompeter. Ein Baumeister, der aus Sand und bunten Steinen Burgen baute und zerstörte. Ich war der Bäcker Semmelweiß und der Jäger mit dem Schießgewehr. Und ich erlernte nebenher eine große Sprache, von der ich nie mehr abgelassen habe.

Ich war Robert, der mit dem Schirm in die Wolken flog. Trug die Gewänder von Matrosen und war bei der Fronleichnamsprozession jener Ausbrecher, den man am Schirmgriff wieder in die Reihe zog.

Ich wurde Schaffner und Chauffeur. Stempelte auf meinem Postamt all die alten Ansichtskarten, die ich danach als Briefträger in unserem Haus verteilte. Ich war der Ritter Hildebrand, sprengte hoch zu Roß über Burgen aus Sand und hieb mit dem Schwert gegen Büsche, in denen meine Feinde sich verborgen hielten.

Ich war ein Mann, der gerne Bälle warf: aus Gummi, Leder, Schnee und Stein.

Ich war voll Wißbegier, war ein Entdecker, war Kolumbus.

Von der Kommandobrücke unseres Fauteuils blickte ich lange, beide Augen zugekniffen, durchs Kaleidoskop über meine See, ehe ich brüllte: »Land in Sicht!«

Ich war ·Jackie Coogan, der Strolch. War Joe, der Cowboy, der sein Lasso schwang. Saß am Lagerfeuer, eine schwarze Binde überm Auge, den Dolch im Gurt: Anführer der gefürchteten »Schwarzen Hand«.

Ich war auch der Rennfahrer Stuck und legte mich stets gewaltig in die Kurve, wenn ich unter Aufheulen und Geknatter meines Motors von der Auhofstraße in die Mantlergasse bog.

Ich war Stationsvorstand. Ich trug eine rote Mütze. Ich schwenkte meine Winkerkelle und pfiff als Lokomotivführer auf der Strecke nach dem Wilden Westen so lange und so gellend laut auf meiner Trillerpfeife, bis man sie mir für immer wegnahm.

Ich war ein Mann, den man immer wieder dazu anhalten mußte, doch etwas leiser zu sein. Einer, der nicht hören wollte und daher fühlen mußte. Dem man auf die Finger klopfte. Den man von Zeit zu Zeit über ein mächtiges, bekleidetes Knie legte und auf die höchst empfindlichen Hinterbacken schlug. Ein Mann, dem schwer ums Herz wurde, wenn man zu seiner Bestrafung schritt.

Ein Mann voll Angst vor den lautlosen Schatten im Treppenhaus oder hinter der Tür eines offenen Schranks, den er nicht zu schließen wagte. Ein Mann, der in schwülen Nächten aus dem Schlaf fuhr und beklommen Schritte hörte, die aus der Ferne näher und näher kamen, bis sie endlich dicht unterm Fenster vorübergingen und nach und nach in der Ferne verhallten.

Ein Mann, der böse Träume hatte. Der weinte, lachte, schrie. Aber ich war auch ein stiller und seßhafter Mann. Ein Maler, ein Fischer, Gastwirt, Hirte. Ein Gärtner mit einem eigenen Beet im Garten Tante Genovevas. Ein Herr Doktor, der mit ernster Miene das

Ohr auf den Bauch des Kindes seiner Schwester legte. Und ich war mit ganz besonderer Vorliebe ein Küchengehilfe, der seiner Großmutter voll Eifer den Teig rühren half; tief ergriffen, wenn sie sang: »Mariechen saß weinend im Garten. Im Grase lag schlummernd ihr Kind.« Und namentlich am Ende, wo es hieß: »Nein, nein, wir wollen leben, wir beide, du und ich! Deinem Vater sei alles vergeben. Wie glücklich machst du mich!« Da hatte ich vor Glück und Kummer stets schwer mit den Tränen zu kämpfen.

Ich wurde ein Mensch, der nach sechs Jahren Analphabetentums gemeinsam mit gleichaltrigen Mitmenschen das große I erlernte. Danach das große M. Das A und O. Und mit der Zeit alle sechsundzwanzig Buchstaben. Nicht zu vergessen die unbegreifliche Zahl 0 sowie die übrigen neun faszinierenden Ziffern arabischer Herkunft.

Ich wurde ein Gefangener. Aber ich blieb auch ein freier Mann. Mit ausgebreiteten Armen rannte ich vom Gipfel des Roten Berges, wenn die Drachen hoch über mir im scharfen Winde standen. Dann war ich ganz der Flieger Lindbergh, der den Ozean bezwang und dem zur Strafe Gottes sein Kind geraubt wurde. Wurde Ministrant im roten Rock und weißen Rochett und erfuhr von anderen Ministranten, zutiefst betroffen, die Wahrheit: Wie wir in diese Welt geraten.

Und war dann wütend Räuber und Gendarm. Indianer und Trapper. Und wir ließen nicht ab, einander zu bekämpfen, bis wir beide fielen: Der Indianer durch den wohlgezielten Schuß aus meiner Winchesterbüchse. Der Trapper durch meinen wohlgezielten Pfeil.

Ich war eine feige Memme, die sich nicht nach Hause wagte. Aber ich war auch Taras Bulba, der verwegene Hetman der Kosaken. War in jenem strengen Winter 29 der italienische Bergführer Carrel, der seinen Stolz überwand und hinabging in den Hof, um noch einmal sein Matterhorn aus hochgetürmtem Schnee zu besteigen; ganz allein und tief bekümmert, da ihm sein Freund und Feind Edward Whymper zuvorgekommen.

Ich war ein Mann voll Schwermut und voll Übermut. Ein Glückspilz, ein Pechvogel. Einmal von Trotz, ein andermal von Tränen heißer Reue erfüllt. Brav und roh und bang und tapfer. Ein Mann, der einen Schwächeren verprügelte und von einem Stärkeren verprügelt wurde, der aber auch Schwächeren half, wie ihm von Stärkeren geholfen wurde.

Ein Mann, der die schwere Aufnahmsprüfung bestand.

Ein Mensch, der immer wieder seine ganz persönliche schwerste Sünde bekannte, dem man immer wieder eine kleine, weiße Oblate auf die ehrfürchtige Zunge legte — und der doch immer wieder fiel.

Der unter Mühen jene beiden Sprachen erlernte, die man vor zwei Jahrtausenden in Rom und in Athen gesprochen. Ich war leibhaftig Hektor. War Achill. War jener schlaue Held, der übers Meer ins Land der Kyklopen und Phäaken segelte. Und war zugleich mehrfach Olympiasieger. War Kitei Son, der zähe Marathonläufer, der selbst nach zweiundvierzig Runden im Schrebergarten seines Taufpaten nicht zusammenbrach.

Und blieb doch stets ein schwacher Mensch, von schlechtem Gewissen beschwert. Tage und Nächte in Angst, man könnte entdecken, daß er die Unterschrift seines Vaters gefälscht. Ein verlorener Sohn, der immer wieder dicht daran war, durchzubrennen. Der auf dem Sofa lag, die Arme hinterm Kopf verschränkt, und in die Ferne fuhr, das endlose Gerumpel der Räder auf den Gleisen unter mir.

Ich war der linke Flügel der Mannschaft der 6 A.

War Rudi Hiden, der Tormann unseres Wunderteams. Im Rollkragenpullover, Knieschützer, lederne Handschuhe, hielt ich mit kühnem Hechtsprung den Elfmeter, den mein Bruder Sindelar präzis ins linke Kreuzeck schoß.

Ich war ein Mann der Wissenschaft. Ein Mathematiker, ein Physiker, ein Grieche, Römer, Germanist. Ein Mann, der rechnete und niederschrieb. Und war zugleich Joe Louis, der große Boxer, der in eine ungeahnte Erregung geriet, als ihm sein Mitschüler Max Schmeling die Lippen zerschlug und ich zum erstenmal den Geschmack von Blut schmeckte.

Ich war und bin ein Mann, dem Recht und Unrecht

getan wurde, so wie er anderen Recht und Unrecht tat. Ein Mann, der sich endlich allein auf den Weg machen durfte. Der hoch zu Rad die Erde bereiste und unter Sternen schlief. Ich atme tief den Duft von Straßen, Flüssen, Heu und Kiefernwäldern. Ich war ein Tramp, ein fahrender Scholar.

Ich war so vieles . . .

Doch mit der Zeit verarmte ich und wurde ein Kerl, von dem es hieß, er käme allmählich zur Vernunft.

Dem man sogar ein Reifezeugnis überreichte und der doch bald danach die Beine werfen mußte wie ein Hampelmann. Der mit Millionen anderen Hampelmännern in einen Weltkrieg zog als ein vom Staat gedungener Dieb und Mörder. Mit wehem Herzen stürmte ich voran und schoß und kroch und grub mich immer wieder in die Erde. Schleppte Verwundete zurück und wurde, selbst verwundet, zurückgeschleppt. Ich sang in Männerchören: »Kameraden, die Trompete ruft!« und »Fern bei Sedan . . .« und »Warum ist es am Rhein so schön?« Und war so oft allein, ein Wachtposten, der an die dreitausend Stunden in bedrohliche Nächte starrte.

Ich war ein weitgereister Landsknecht.

Bis ich, nach langen Jahren heimgekehrt, mich wiederum zurechtzufinden hatte. Ein Mann, hager, zerrissenen Gesichts. Ein Mensch, den hungerte und fror, der Kohlen stahl, der sich aus Stummeln Zigaretten drehte und dennoch reich und voll Erwartung war.

Ein Mensch, der schaute, lauschte, schrieb und heute nicht mehr weiß, wann er den ersten eigenen Satz gebaut. Daneben Kolporteur, Student und Hilfsarbeiter. Ein Mann zunächst von vielen Frauen, bis ich vermittels zweier Ringe mit einer einzigen Frau verbunden wurde.

Ein Ehemann. Ein Vater dann. Und dann ein Lehrer, obgleich ich lebenslang ein Schüler blieb. Zuletzt — und dies bis heute — ein Beamter, der sich von anderen Beamten kaum unterscheidet.

Ich bin nun über fünfzig Jahre alt. Ein Mann, der Rückschau hält. Ein Vater, dem sein Sohn entglitt wie er einst seinem Vater. Ein alter Mann, gewiß, und dennoch jung und reich an Widersprüchen. Noch immer skeptisch und voll Zuversicht. Maßlos und doch auch ein Asket. Träge, von zähem Fleiß. Krank und gesund. Mag sein, ein potentieller Dieb, ein Trunkenbold, ein Mörder gar? Ich weiß es nicht, gehorsam stets Kausalgesetzen, ganz gleich, ob ich mich wehre oder treiben lasse.

Ein Mensch, der in Jahrzehnten dreihundert Hektoliter soff und Berge fraß. Der seit Geburt so vieles in den Mund nahm und daran sog: Brustwarzen seiner Mutter. Zipfel von Decken. Die eigenen Daumen, Zehen und den Schnuller. Dann Mädchenlippen, Brüste, feuchte Nester. Und Gläser, Flaschen. Zigaretten ohne Zahl.

Ein Mensch, mit dem es seit der unbekannten Mitte seines Lebens unweigerlich bergab geht. Der in die Zukunft blickt und weiß: Wenn nicht der Krebs, ein Wagen oder mein eigenes Herz mich vorzeitig zur Strecke bringt, so wird mein Ende meinem Anfang gleichen: bettlägrig wiederum, ein Kahlkopf, hilflos, ohne Zähne . . .

Aber noch lebe ich!

Noch setz' ich mich zur Wehr!

Ein Mann, der schrieb, schreibt und schreiben wird.

Ein Schriftsteller! Aufmerksam, kühl; besessen von der Sprache, von ihrem Rhythmus, ihrem Klang und ihrem reichen Wortschatz, ja selbst der Grammatik und deren strengen Litaneien.

Im Grund hat sich nicht viel verändert: Noch immer gebe ich mir Mühe, das Leben zu begreifen. Noch immer baue ich aus Sand und Steinen Burgen und zerstöre sie. Noch immer pocht mein Herz vor Glück bei jeglichem Applaus. Und es wird schwer, wenn man mich ablehnt,

Trotzdem: Ich werde nicht davon ablassen, unsere Welt zu zeigen, wie sie ist: ohne Erbarmen, hemmungslos, dumm und vergeßlich, geschlagen von der Geißel des Besitztriebs; und doch voll Duft und Sehnsucht, Wärme, Mut; in jedem Augenblick durchaus vergänglich und dennoch jung und grün und unzerstörbar.

Mein Schlafgemach

Wie herrlich ist es doch, wenn ich mich spät an Sommerabenden unter der Tornadobrücke zurechtlege.

Meine Arme hinter dem Kopf verschränkt, starre ich empor zu den komplizierten Verstrebungen der Bogenträger und lausche dem Donner der Wagenkolonnen und Straßenbahnzüge hoch über mir und dem Rauschen der Wasser gegen die mächtigen Pfeiler. Beiderseits der Brücke weithin bestirnter Himmel. Am anderen Ufer die bekannten Konturen der Häuserzeilen mit ihren erleuchteten und blinden Fenstern. Davor dehnen sich die Laternenreihen der Promenade nach beiden Richtungen bis in tiefe Fernen. Hebe ich aber das Haupt, so daß mein bärtiges Kinn den Schal berührt, so kann ich überdies den Widerschein der Lichter auf den schwarzen, unruhigen Fluten des Stromes eine Weile beobachten, ehe ich mich ermattet zurücksinken lasse.

Wie immer habe ich meinen hageren Leib in mehrere Schichten von Zeitungsblättern angelsächsischen Formats eingewickelt und, nicht zu straff, mit Gummibändern verschnürt. An diese Hülle schließen außen zwei, wenn es kälter wird drei, und in strengen Wintern bis zu sieben Lagen festen Packpapiers, dessen weit überlappende Ränder ich mit Heftklammern und Klebestreifen zusammenfüge. Meine ausgestreckten Beine, gleichfalls in Zeitungsblätter gehüllt, stecken zusätzlich noch in einem an seiner Innenseite sorgfältig ausgebürsteten Zementsack, den ich um die Knöchel sowie dicht unter den Knien und schließlich um die Mitte meiner Oberschenkel mit Schuhbändern festzubinden pflege.

Habe ich dieses Stadium meiner Verpuppung erreicht, schalte ich gewöhnlich eine Atempause ein, ehe ich meine Ärmelschoner anlege, beide Ohren mit Wachspfropfen schließe und meine Pelzmütze aufsetze. Dann erst wälze ich mich auf die zu meiner Linken ausgebreitete Zeltbahn, um mich mittels ruckartiger Bewegungen möglichst eng in sie einzurollen und zuletzt meinen Hinterkopf auf den bereitgelegten Rasenziegel zu betten.

War *das* wieder ein Tag heute!

Alter Gewohnheit zufolge schlafe ich nie sogleich ein, sondern nütze die letzte Zeitspanne meines Bewußtseins, mir die Ereignisse des eben zurückgelegten Tages zu vergegenwärtigen.

Wie ließ sich der Morgen an? Worüber lehrte ich in meiner vormittäglichen Hauptvorlesung? Habe ich es auch verstanden, meinen Gegenstand fesselnd zu gestalten? Und war ich gerecht, anschließend beim Examen? Durchschaute ich jeweils das wirkliche Wissen? Oder ließ ich mich täuschen: Sei es durch die Redegewandtheit des einen Kandidaten, sei's durch die Geschicklichkeit eines anderen, mich auf ein Gebiet abzudrängen, das er zwar beherrschte, um das ich ihn aber im Grunde gar nicht gefragt hatte?

Wieder kam ich nicht umhin, im Geist meine Prüfungsprotokolle durchzublättern. Welch schwerwiegende Entscheidungen! Aller Erfahrung zum Trotz fühle ich mich ihnen bis heute nicht gewachsen.

Ich dehne mich auf dieser meiner sogenannten Mutter Erde.

Ringsum rauhes, graues Gras. Kräuter, die ihren eigenständigen Duft längst verloren haben. Denn hier gibts nur mehr Geruch nach Staub, Wind, fauligem Wasser und den Exkrementen der Hunde.

Noch sind die Nächte warm. Bald aber kommt der Herbst. Der Mond steht tief. Der Schatten eines Schachtelhalms hat sich auf meine Brust gelegt. Nun sollte bald der Schlaf mich übermannen.

Allein ich finde keine Ruh. Denn der Gedanke an meine Studenten läßt mich nicht los. Wenn ich im steilen Halbrund meines Hörsaals die Bankreihen emporblicke, ist es mir, als hörten sie mir kaum noch zu, als unterhielten sie sich völlig ungeniert, ja, als fiele da und dort eine abfällige Bemerkung, worauf jedesmal eine Welle Gelächters aufrauscht. Dann kann ich mich des Eindrucks nicht erwehren, daß sie gegen mich eine Verschwörung planen, an der selbst die Assistenten in meinem Rücken nicht unbeteiligt sind. Denn einmal, als ich mich jählings umwandte, ertappte ich einen von ihnen, der eben die Hand zum Schlag gegen mich erhoben hatte.

Oder sollte ich mich täuschen?

Noch tiefer freilich ist die Kluft, die mich von manchen meiner Kollegen trennt. Ihr Starrsinn, ihre eitlen, geradezu kindischen Eifersüchteleien verblüffen mich stets aufs neue. Namentlich einer von ihnen — ein im übrigen angesehener Pathologe — genießt seinen Ruf, bei Prüfungen gänzlich unberechenbar zu sein. Ist es nicht bezeichnend, daß gerade er am Stadtrand eine Hütte aus Ästen und Blattwerk bewohnen soll? Welch bedenkliche Überschätzung des Komforts! Und welche Enge!

Wie herrlich weit ist doch mein Bett dagegen! Wie frisch mein Morgen, wenn Nebel auf dem Strome treiben und schwer der Tau auf Gräsern liegt. Dann falte ich bebend vor Kälte all meine Hüllen zusammen und verstecke sie immer unter dem gleichen Stein, bevor ich mich auf meinen Weg durch hallend leere Gassen mache.

Dann freue ich mich stets auf meinen Mittag und sehe mich schon rittlings sitzen auf der gewohnten Bank im Park. Vor mir ausgebreitet, was ich in Abfalltonnen und Papierkörben gefunden: halbe Brotlaibe, Wurstzipfel, Käsestücke, von deren Rändern jeweils nur ein weniges mit dem Messer abzuschaben ist. Kirschkuchen, Gebratenes ... Und nach dem Mahle in behaglich tiefen Zügen eine Zigarette, die ich mir aus Zeitungspapier und aufgelesenen Stummeln drehe. Denn wir leben in einer Zeit hohen Wohlstands, an dem selbst ein Mann der Wissenschaften teilhaben darf; wenn auch, wie sich versteht, in Grenzen und ohne festen Wohnsitz, wie es einem Manne meines Standes geziemt.

Gewiß, selbst ich werde zuweilen bestohlen, namentlich von den Begüterten. Jedoch nur, wenn ihnen die Mittel knapp werden. Aber war nicht der Diebstahl seit jeher ihr erstes Vorrecht? Ein zweites, daß ihr Gewissen dabei rein bleibt? Und ihr drittes endlich, daß sie überall und allezeit in höchstem Ansehen stehen?

Wenn ich das Wachs in meinen Ohren lockere, kann

ich bei günstigem Wind aus den Bars hinter mir ihre Musik hören; gedämpft, monoton, Stunde um Stunde. Welch kostbare Zeiträume! Ich stelle mir vor, wie sie gedrängt beisammensitzen. Wärme, Lichter, Rauch, das Gewirr ihrer Stimmen. Und ich bin ihnen gut. Denn über alles ziehe ich meine Nächte unter dieser hohen Brücke vor; mit all ihrem herben Wind, der Finsternis, dem Rauschen des Stromes. Ich: allein mitten im Lärm unserer Stadt.

Manchmal erwache ich gegen vier, wenn sie grölend zu ihren Wagen ziehen. Dann kommt es wohl vor, daß ich ein Tappen höre. Die Böschung herab. Als hätte sich wer in meine Nähe verirrt. Ein Flüstern, Gekicher. Dazwischen Stille, so daß ich zunächst nicht im Bilde bin. Bis mir eine rhythmische Bewegung, ein Keuchen und Stöhnen die letzten Zweifel nimmt. Erinnerungen tauchen auf: An jene ferne Zeit, als ich noch Kinder zeugte. Erinnerungen, kostbar, doch ohne jeglichen Affekt; verharren eine Weile, klingen wieder ab.

Nein, meine Nächte sind nichts weniger als arm an Abwechslung.

Manchmal erwache ich und höre lang den Regen rauschen.

Ein andermal fällt lautlos Schnee.

Wieder ein anderes Mal gibt's Sturm. Dann heult es zwischen den Traversen über mir und peitscht das hohe Gras. Die Sträucher ducken sich verwirrt. Blätter eilen eiligst an mir vorbei. Und einmal hörte ich es geräuschvoll daherstelzen, geradewegs auf mich zu. Es war ein Zeitungsblatt, das sich an meinem Kopf verfing, mich kurz und kräftig ohrfeigte, ehe es weiterhastete, sich überschlug, die Böschung hinab, um mit einem Satz ins Wasser zu springen, wo es flach sich ausbreitete und im Davontreiben ertrank.

Nichts aber liebe ich mehr als ein Gewitter. Ein kalter Windstoß hat mich aufgeweckt. Geruch nach Staub, nach ersten schweren Tropfen. Blitze erhellen augenblickslang die blinden Häuserzeilen wie Kulissen. Unmittelbar danach, in pechschwarzer Finsternis, ein Knistern und dann das gewaltige Krachen des Donners, dessen Widerhall sich vielfach an der

Brücke und den steinernen Fronten bricht. Mit voller Wucht hat ein Platzregen eingesetzt. Ich richte mich in meinen Hüllen auf. Ich atme tief die jäh erfrischte Luft. Und schlägt eben ein neuer Blitz ein, so sehe ich die Oberfläche des Wassers im scharfen Geprassel des Regens vor mir liegen gleich einer weitgespannten Gänsehaut.

Doch auch die stillen Nächte schätze ich. Vor allem aber meinen Freund, den Mond. Von fernem Horizont steigt er nach und nach empor bis zum rechten Rand der Brücke, wo er verschwindet.

Nun warte ich, lange, ohne mich zu regen. Bis er am anderen Rand der Brücke wieder auftaucht und nach und nach hinabsinkt bis zum fernen Horizont. Sein Ernst, sein bedingungsloser Gehorsam gegen das Gesetz hat etwas Faszinierendes und zugleich Lächerliches. Warum — so fragte ich ihn einst im Feber 1909, als Eisschollen glitzernd unter mir vorüberzogen —, warum weigerst du dich nie, deine Bahn anzutreten? Wie kommt es, daß du niemals stehenbleibst, und wäre es auch nur für einen einzigen Augenblick?

Heute freilich lehne ich es ab, zu fragen, wo es keine Antwort gibt. Den Kopf zur Seite gewandt, starre ich stumm ins hohe, finstere Gras, als blickte ich, in entsprechend vergrößertem Maßstab, in Urwälder ohne Ende. Früher, als ich noch meinen Kerzenstummel besaß, zündete ich ihn gerne im Schutz zweier verrußter Backsteine an. Dann entdeckte ich im flackernden Schein tiefe Schneisen, darin Ameisen kamen und gingen. Und einmal starrte mir ein grünlich schillernder Käfer lange gebannt in die Augen, ehe er sich mit schwankendem Hinterteil davonmachte. Ich kann sein Bild nicht mehr verscheuchen, obgleich er sicher lange schon vermodert ist.

In den letzten Jahren hat mein Interesse an der Gegenwart zusehends nachgelassen. Statt dessen verliere ich mich immer häufiger in die Tiefen der Vergangenheit. Dann kann ich nicht umhin, mein Leben zu überschauen: Reich an Tätigkeit, Forschung, Experimenten, wissenschaftlichen Abhandlungen; aber auch an Stunden der Muße und an Reisen in andere Kontinente, durchwegs zu Fuß zurückgelegt.

Du hast erreicht, wovon du als junger Mann geträumt. Es ist nicht nötig, die alten Fotografien hervorzukramen: Von meiner Promotion, als Assistent sodann, als ordentlicher Professor, dann als Dekan, als Rektor gar; und dies nicht nur in *einer* Amtsperiode.

Einst wird auch deine Büste sich zu den anderen in der Aula gesellen — sage ich mir, ohne die Lippen zu bewegen.

Dann lösche ich, indem ich meine Augen schließe, die letzten Lichter. Ein vereinzelter Wagen. Von weitem höre ich ihn kommen und lausche ihm lange nach, im steinalten Gesicht am Seidenband meinen Zwicker, den ich selbst im Schlaf nicht mehr abnehme.

So liege ich seit Jahrzehnten hier.

Wie viele Nächte schon?

Wie viele Nächte noch?

Ich bin nun neunundneunzig Jahre, neun Monate, neun Tage alt. Und ich blicke ohne Sorge in die Zukunft. Im Gegensatz zu meinen Kollegen kann ich mich nicht über Schlaflosigkeit beklagen. Jeden Morgen erhebe ich mich ein wenig später, und jeden Abend lege ich mich ein wenig früher hin als am Tage zuvor.

So nimmt nach und nach die Dauer meines Wachseins ab, im gleichen Maße, als die meines Schlafes wächst. Schon sehe ich jenem Mittag entgegen, an dem ich nur noch eine halbe, und dem nächsten, an dem ich nur noch eine viertel Stunde bei Bewußtsein bin. Bis endlich der Tag anbrechen wird, an dem ich aus den Tiefen meines Schlafes nicht mehr aufzutauchen vermag.

Möge es dann nicht an barmherzigen Händen fehlen, die meinen dürren Leib in den Strom kippen, der ihn ohne Eile durch zahllose Tage und Nächte hinabtreibt zum Schwarzen Meer.

Ein Gletscherforscher

Der Hohe Iser, jener ungemein schroffe Fünfeinhalbtausender, wurde bekanntlich erst um die Jahrhundertwende von einer Seilschaft von zwei Mann und vier Bergführern zum erstenmal erstiegen.

Der Initiator dieses von langer Hand vorbereiteten Unternehmens, ein gebürtiger Neuseeländer namens Edward G. Perkins, einunddreißig Jahre alt, Zoologe von Beruf, soll knapp ein Jahr danach bei einem Eisenbahnunglück ums Leben gekommen sein. Und obgleich es bei dieser Katastrophe sozusagen mit rechten Dingen zugegangen war, begannen doch alsbald die wenigen Bewohner des Gebirges, sich in abergläubischen Vermutungen zu ergehen.

»Ja, ja«, murmelte der und jener in seinen Bart, wenn sie in ihren Rauchküchen um den Kienspan hockten oder auf steiler Weide beieinander standen, jeder auf seinen Alpstock gestützt: »Ja, ja, so ein Frevel rächt sich allemal!«

Worauf man lange bedächtig vor sich hin nickte. Bis irgendeiner in der Runde hinzufügte: »Unser Berg!« Und, nach einigen Zügen an seiner Pfeife: »Nun hat er doch noch zugeschlagen.«

Heute durchquert eine vorbildlich angelegte Straße die einst so unzugänglichen Gebirgszüge. Aus den Nachkommen jener Einwohner aber ist ein moderner, durchaus auf seinen Vorteil bedachter Menschenschlag geworden. Die genannte Straße, nicht eben breit, doch durchgehend von solidem Belag, führt im ersten Viertel noch geradewegs nach Süden, indem sie da und dort die grüne, reißende Lerrach überquert. So, bei annähernd konstanter Steigung, zunächst noch auf der Talsohle, verläßt sie diese einige Kilometer danach und erklimmt den bewaldeten Hang zur Linken bis zu einer Höhe von etwa sechzehnhundert Metern. Hier, zum erstenmal ins Freie hervorbrechend, eröffnet sie eine Aussicht von unerwarteter Pracht.

Ringsum jähe Abstürze in einen Talkessel, auf dessen Grund ein Kraftwerk liegt. Helle Almböden drüben, daran Ketten kleinerer Gipfel anschließen, die Stufe um Stufe abfallen ins blaue Hügelland.

Bei klarer Sicht reicht der Blick nach Norden bis in die dunstige Ebene. An solchen Tagen könne man, wie behauptet wird, in tiefer Ferne sogar den Jörgilsee erkennen: einen helleren Fleck nur, von vagen Umrissen, kaum auszunehmen. Doch handelt es sich hiebei offenbar um eine Täuschung, eine Art Luftspiegelung, die namentlich in der zweiten Augusthälfte den Beschauer narrt. Denn in Wirklichkeit hat noch niemand, und wäre er selbst mit dem stärksten Fernrohr bewaffnet, jenen See zu sehen vermocht; ja, in Fachkreisen bezweifelt man, daß er überhaupt existiert.

Von diesem Aussichtspunkt zieht die Straße, nach kurzem, ebenem Zwischenstück, mit einemmal schärfer hoch, erreicht die Baumgrenze, windet sich durch ein Gebiet rötlich zerklüfteten Gesteins, wendet sodann nach rechts, nach Westen also, überquert auf einer Brücke aus Beton eine gähnend tiefe Schlucht und erklettert endlich, wieder auf festem Grund, in zahlreichen Kehren den Jimmlapaß.

Hier gabelt sich die Strecke.

Die eine führt weiter nach Süden, rasch abfallend nun, unserem sonnigen Nachbarland entgegen; indes die andere, die Nebenstrecke, hart an den steilen Hang gepreßt und stellenweise in den überhängenden Fels gehauen, vorbei an Karen und Lawinenverbauungen, sich noch etwa eineinhalb Kilometer in die Schlucht zur Rechten windet. Bis plötzlich — nachdem wir um einen weit vorspringenden Grat herumgekurvt sind — der Hohe Iser vor uns steht.

Es gibt wohl kaum jemanden, dem nicht bei seinem ersten Anblick der Atem stockte. Und dies aller Erwartung zum Trotz und obgleich doch jedermann diesen Berg längst von Ansichtskarten und Prospekten her zu kennen meinte. Ja, man erzählt sogar, es hätte hier schon mancher, gebannt emporblickend, die Herrschaft über sein Fahrzeug verloren und wäre schreiend in die Tiefe gestürzt. Doch ist daran kein Wort wahr. Vielmehr handelt es sich hier um eine jener prahlerischen Legenden, wie sie unter Gebirgsbewohnern, Jägern oder Seefahrern allerorten im Schwange sind.

Nur etwa achtzig Meter noch, und wir sind am Ziel. Stellen auf dem überraschend geräumigen Parkplatz unseren Wagen ab und steigen aus, steif vom langen Sitzen. Sogleich fällt ein derart eisiger Wind über uns her, daß man gut daran tut, sich einen Mantel überzuwerfen, den Kragen aufzustellen und Handschuhe anzuziehen, ehe man sich über ein gutes Dutzend breiter, steinerner Stufen auf die Plattform begibt.

Hohles Sausen. Nebelfetzen ziehen. Eine Fahne klatscht und zerrt wütend an den Schnüren und Ringen ihres Mastes. Leute stehen in Gruppen beisammen, und mancher hat, der dünnen Luft wegen, mit dem Atem seine Not. Schräg gegen den Sturm geneigt hält jeder seinen Hut und blickt halb zugekniffenen Auges empor zum Gipfel, der diesen Ort immerhin noch um nahezu anderthalbtausend Meter überragt. Einige sieht man ihre unvermeidlichen Aufnahmen knipsen. Andere studieren auf dem Relief aus Bronze die Namen der umliegenden Berge. Wieder andere umringen einen Führer, der anhand eines Fernrohrs Details der bisher einzigen Aufstiegsroute erklärt. Da und dort aber starrt einer, übers steinerne Geländer gebeugt, hinab auf den Iser-Gletscher oder -Kees, gelegentlich auch Iser-Ferner genannt, von dem in der Folge noch die Rede sein wird.

Seit am Rande des Parkplatzes ein Hotel erbaut wurde, hat die Anzahl der Leute, die das Wagnis unternehmen, in solche Höhe vorzudringen, beträchtlich zugenommen. Denn nun muß man nicht mehr, wie einst, nach der Besichtigung sogleich den Rückweg antreten, schweigsam und klamm vor Kälte, sondern kann sich zuvor noch im großen, getäfelten Gästeraum bei einem Glas Grog erwärmen; wenn man es nicht überhaupt vorzieht, ein paar Urlaubstage hier zu verbringen.

Es ist ein Bau von gewaltigen Ausmaßen, mit weit vorspringendem Pultdach und roten Fensterläden, bis zur halben Höhe aus Stein, die beiden oberen Geschosse aus dunklen Balken gefügt. Ein unrentables

Unternehmen, wie sich denken läßt. Denn nur etwa drei Monate im Jahr ist es bewirtschaftet, etliche Wochen davor und danach noch gelegentlich von einer Expedition oder einem Alpenjäger besucht, die übrige Zeit jedoch völlig von der Umwelt abgeschnitten und nur von vier Leuten bewohnt: von einem schon bejahrten Meteorologen, dessen beiden Gehilfen sowie der Wirtschafterin, einem störrischen, angeblich hinkenden Mannweib von unbestimmbarem Alter.

Was diese Handvoll Leute in den endlosen Wintermonaten auszustehen hat, läßt sich leicht ausmalen. Sie sollen, wenn die Langeweile sie übermannt und der Schlaf sie zu fliehen beginnt, Nacht für Nacht durch die langen, mit Teppichen belegten Gänge wandern; jeder für sich allein, jeder in panischer Angst, an abgelegenem Ort einem Fremden zu begegnen. Trotzdem hätten sie bisher jedes Angebot, ihren Posten aufzugeben oder gar abgelöst zu werden, strikt abgelehnt. Denn allein der Anblick »ihres Berges«, wenn er endlich im späten Frühjahr zum erstenmal wieder aus Schneewolken auftaucht, läßt alle Qualen des langen Winters vergessen. Auch mag es ihrer Eitelkeit schmeicheln, im Hochsommer von den Touristen ihrer Standhaftigkeit und ihrer verwitterten Gesichter wegen bestaunt zu werden.

Nun wurde — freilich nur über die Sommermonate — ein ganz anders geartetes Team hier heraufbeordert. Und zwar drei junge Männer, die einige Meter vor dem Parkplatz hart am Abgrund ihre Hütte bauten, die, nebst einem Geräteschuppen und einem kleinen Abtritt, nur aus einem einzigen Raum besteht: kärglich eingerichtet mit einem Klapptisch, drei Feldbetten, Stühlen, Ferngläsern, einer Karbidlampe, Karten und dem nötigen Schreibzeug.

Diese drei Männer gehören zu jenen zahlreichen, neuerdings übers ganze Land verstreuten Beamten, die vom Amt für Statistik mit der Aufgabe betraut wurden, sämtliche Leute zu erfassen, die zum Hohen Iser in irgendeiner Beziehung stehen. Das soll heißen: Nicht nur sie zu zählen, sondern auch, wie folgt, in Gruppen einzuteilen: in Leute, die vom Berg nicht das geringste ahnen, über jene, die schon von ihm gehört, dann jene, die ihn von Abbildungen her kennen, bis zu jenen, die ihn schon mit eigenen Augen gesehen. Weiters jene, die schon öfter hier weilten, und so fort.

Das Ergebnis: Eine sorgfältig auf Millimeterpapier eingetragene Art Pyramide mit seitlich tief angenagter Basis. Eine Pyramide, die in den ganz wenigen waghalsigen Kletterern gipfelt, denen es geglückt war, den Berg zu ersteigen. Ganz zuoberst ein Punkt: Jener Mann, der dies, als einziger bisher, im Alleingang zustande gebracht hatte und der dann doch beim Abstieg — übrigens an einer vergleichsweise ungefährlichen Stelle — ausgeglitten und in freiem Fall fast dreitausend Fuß abgestürzt war.

Nun, man weiß, was von solchen Statistiken zu halten ist; wie fragwürdig ihr Wert. Bleiben sie doch, bei aller vergeblichen Gründlichkeit, zumeist nur an der Oberfläche haften. Im allgemeinen wie hier noch im besonderen. Denn ist es zu fassen, daß gerade diesen so emsig auf Exaktheit erpichten Männern der Gletscherforscher entgangen sein soll? Daß sie von einem Gelehrten, der nicht nur gründlicher als sie selbst die Geschichte des Hohen Iser, sondern darüber hinaus auch die der Welt sowie, in scharfsinnigen Hypothesen, die Geschichte kommender Zeitalter durchschaut und in seinem Werk hinterlassen hat; ist es zu fassen, daß sie von der Existenz eines so hervorragenden Mannes nichts geahnt haben sollen?

Und doch verhält es sich so und nicht anders. Ein Beweis mehr für die Tatsache, wie blind reine Tatkraft bleiben kann, wie befangen und oberflächlich die mathematisch-statistische Denkungsweise zumeist.

Daß man so lange keinerlei Notiz von ihm nahm und seine wirkliche Bedeutung erst so spät, und auch da nur in eingeweihten Kreisen, zu begreifen begann, mag vielleicht an seinem befremdlichen Forschungsgebiet liegen; noch mehr aber wohl an seinen ganz persönlichen Eigenschaften. Denn abgesehen von jener Portion gesunder Egozentrik, die jedem Lebewesen anzuhaften hat, war er ein Besessener. Allen anderen Zielen zog er das eine vor: Seine Zeit zu gebrauchen und beharrlich Stein um Stein zusammenzutragen zu einem ganz eigenwilligen, theoretischen Gebäude, das, wie es schien, zunächst für niemanden von Nutzen war. Diesen Bau durch Beobachtungen und praktische Erfahrungen nach allen Seiten hin zu befestigen; und zwar um jeden Preis, auch um den von Verarmung, Isolation, Krankheit und, wie man noch hören wird, selbst um den Preis des eigenen Lebens.

In frühester Kindheit schon, noch ehe er zu gehen vermochte, hatten Wasser, Schnee und Dampf, vor allem aber alles Eis ihn fasziniert. So berichtet er in seinen Aufzeichnungen von einem sonnigen Tag im Vorfrühling, an dem er auf der Schwelle seines Elternhauses umhergekrochen sei und Eiszapfen zum Mund geführt habe; maßlos verwundert, wenn sie ihm zwischen den winzigen Fäusten zerrannen. In der Schule dann habe er oft weite Umwege gemacht, nur um in bauchtiefem Schnee Waldsäume entlang stapfen zu können. Eine Gewohnheit, von der er offenbar auch im letzten großen Krieg nicht mehr ablassen konnte. Denn eines Nachts im strengen Winter 41 hatte er sich ohne Abschied auf den Heimweg gemacht. In langen Fußmärschen durch die Tundra, allein wieder, das Heulen des Sturmes und der Wölfe in den bang lauschenden Ohren; und doch voll kalten Glücks, wenn er aufblickte zu den Gestirnen, nach denen er sich zu orientieren trachtete.

Es versteht sich, daß solche Vorliebe seinem Vater nicht behagen wollte, vom Vaterland ganz zu schweigen. Und daß es mit beiden zum Bruch kommen mußte, blieb nur eine Frage der Zeit. Auch darüber berichtet er schon früh in seinen Tagebüchern; immer wieder und immer mit einem Anhauch von Trauer, wenngleich er sich zwischendurch an der Hoffnung aufzurichten suchte, daß seine Gedanken vielleicht dereinst Gemeingut werden könnten.

Nicht ohne Bewegung liest man solche Absätze, weiß man doch, wie sehr die Geschichte der meisten Erfinder und Entdecker eine Geschichte des schlechten Gewissens ist. Entschieden zu weit geht er hingegen mit der Behauptung, daß er sich schon vor der Geburt nach Kälte gesehnt habe. Denn — so folgert er in sophistischer, will sagen, allzusehr um die Abrundung einer Theorie bemühter Weise —, was hätte ihn sonst bewogen, aus der Geborgenheit des Mutterleibes in eine so unwirtliche Welt auszubrechen. Eine Ansicht, die er nur ein einziges Mal geäußert und vermutlich längst revidiert hat. Schließlich trifft ein solches Verhalten zunächst auf jedes Lebewesen zu. Der Unterschied setzt ja erst nach der Geburt ein. Denn dann suchen wir alle freilich die Wärme und das Behagen, während es ihn von einer Kälte in die nächste, also gleichsam von jedem neu geschaffenen Mutterleib hinaus ins Eisig-Fremde trieb.

Doch genug der Biographie. Er selbst muß es bald aufgegeben haben, der eigenen Vergangenheit und den Motiven seiner Verhaltensweise nachzuspüren. Denn frühzeitig schon, oder vielmehr rechtzeitig, tat er den entscheidenden Sprung von der eigenen Person zur Sache — und das heißt: zur Tat.

Wenn er heute — mit pelzgefütterten Handschuhen, doch barhaupt, nur zuweilen im Eisregen einen Südwester auf dem ergrauten Schädel — tief am amphitheatralischen Grund seines Gletschers auf und ab geht, Messungen anstellt und sie sorgsam überprüft, ehe er sie in Tabellen einträgt, so treibt ihn nur noch die Wißbegier, den senkrechten Wänden gepreßten Eises rings um ihn die letzten Geheimnisse zu entreißen.

Ein Mann der Tat also; und der ernsthaften Forschung. Ein Gelehrter, von dem man meinen möchte, er habe alle Unrast, alle Depressionen und Ekstasen seiner Jugendzeit längst hinter sich gelassen. Und doch: Wie sehr blieb gerade er Stimmungen unterworfen. Wenn wir seine Aufzeichnungen durchblättern, finden wir da und dort Stellen, die uns bezeugen, wie oft ihn die Sehnsucht nach alten Zeiten heimsuchte.

»Damals war ich noch reich«, so schreibt er wörtlich: »Wegweiser lagen vor mir. Ich konnte innehalten, meine Vernunft, meinen Instinkt zu Rate ziehen. Auch gab es noch jene rauschhaften Stunden der Inspiration, eines fiebrigen Vorgefühls, einer Ahnung von kommenden Dingen . . .«

»Wie konnte mein Instinkt so sehr verdorren? Zugunsten eines skeptischen Verstandes!« klagt er an anderem Ort. Lobt aber dennoch, ein paar Seiten danach, diese Entwicklung und nennt sie den »Preis für jede wahre Entdeckung«.

Wir wissen heute, daß er all diese Notizen später einer strengen Zensur unterzogen und zum Großteil verworfen hat. Nicht endgültig, sonst wären sie uns ja nicht erhalten geblieben. Immerhin sortierte er sie aus und band, was ihm verwerflich erschien, zu einem Konvolut zusammen, in der Absicht, es »demnächst« zu verbrennen.

Wie weit es ihm wirklich ernst damit war? — Nun, man kennt ja die Eitelkeit der meisten Autoren: Wenn einer von ihnen behauptet, er wolle seine Schriften vernichten, so rechnet er doch insgeheim damit, daß ein anderer sich finden möge, der sie um so getreuer aufbewahrt. Denn woran einem wirklich liegt, das führt man in der Regel aus; und zwar am sichersten eigenhändig.

Kurzum, seine ganz privaten Aufzeichnungen sind uns erhalten geblieben. Zum Glück! Und mit Berechtigung! — möchte man sagen. Denn heute liest man sie mit dem gleichen, ja vielleicht sogar mit größerem Interesse als seine wissenschaftlichen Abhandlungen. Offenbar kommt es einem tief menschlichen Bedürfnis entgegen, zu erfahren, wie schwach, wie von Ängsten, von Aberglauben und Irrtümern gerade einer von jenen Menschen befallen war, die man später zu den bedeutendsten ihrer Zeit rechnen sollte.

Dem Fachmann freilich liegt stets mehr an den Höhepunkten einer Laufbahn. So etwa an jener Zeit, in welcher der Gletscherforscher noch an der Oberfläche zu tun hatte, indem er in gleichmäßigen Abständen Pfähle mit einem Vorschlaghammer tief ins Eis trieb und, nach Monate währenden Messungen, zu den beiden mittlerweile auch in weiteren Kreisen bekannten Schlüssen kam: nämlich erstens, daß die Pfähle täglich um eine bestimmte Anzahl von Millimetern versanken; zweitens, daß sie sich, gleichfalls mit meßbarer Geschwindigkeit, zu Tal bewegten. Und zwar die mittleren rascher als die an den Rändern des Gletschers, so daß ihre ursprünglich mit einer Schnur ausgerichtete Linie sich zusehends talwärts auszubuchten begann.

Wir blättern weiter in seinen Aufzeichnungen und finden Seiten, auf welchen er berichtet, wie schwer es ihm, trotz aller Berufung fiel, sich an den Frost, ans Alleinsein, ans bedrohliche Krachen des Eises zu gewöhnen. Und stoßen dann auf jenen Mittag hoch im August, da er sich zum erstenmal in eine Gletscherspalte wagte. Mit den primitivsten Mitteln noch: mit zwei Rollen, etlichen viel zu langen Seilen, einer Anzahl von Haken und Ösen und einem zwei Zoll starken Brett aus Buchenholz, auf dem er, rittlings sitzend, sich langsam, ruckweise hinabließ ins Unbekannte.

Wie atemberaubend ist nun die Schilderung seiner bangen Neugier angesichts des grünlich-dunklen, staubigen und schrundig-zerklüfteten Eises, das er zum erstenmal aus so unmittelbarer Nähe und so ungewohnter Perspektive sah und unterwegs mit klammen Fingern betastete. Dazu ein leises Gefühl der Enttäuschung und zugleich doch das deutliche Bewußtsein, an Tiefe zu gewinnen und der Mitte näher zu kommen.

Aufregende Beobachtungen. Offenbar hastig, in einem Zustand gleichsam hysterischer Kälte niedergeschrieben und von jener fesselnden Anschaulichkeit, wie sie nur zustande kommt, wenn ein echtes Anliegen zum Schreiben drängt.

All dies finden wir in den vier eng beschriebenen Tagebüchern, die er, neben seinen rein wissenschaftlichen Werken, führte. Stichworte zumeist nur. Wegmarkierungen. Eine Art Buchführung, eine Rechenschaft über sein tägliches Pensum an Arbeit. Daneben die üblichen Kleinigkeiten: wie etwa der Speisezettel, die Reparatur eines Ausrüstungsgegenstandes und so fort. Aber auch Hoffnungen, Triumphe, Mißstimmungen über erlittene Rückschläge und — schwere Depressionen, die in der paradoxen Klage gipfeln, daß niemand nie nichts Neues entdecken könne.

Doch lassen wir ihn selbst noch einmal zu Wort kommen:

»Immer wieder die eigenen Grenzen spüren!« schreibt er schon bald nach seinem ersten Einstieg: Die Grenzen des Handwerks wie die Grenzen des eigenen Geistes . . . Gefahrvolle Stellen unterwegs.«

Ein anderes Mal, offenbar gleich nach dem Erwachen: »Der Tag geht an. Nun heißt es aufs neue die winzige Wärme meines Körpers gegen die Kälte dieses ungeheuren Gletschers stellen.«

Weitere Zitate, willkürlich herausgegriffen:

»Beschäftige ich mich intensiv mit meinem Thema, werde ich sogleich unempfindlich gegen den Hunger und die Kälte.«

Oder:

»Drei Leitsätze: 1. Nur noch das tun, was dich voranbringt. 2. Sich so gründlich abhärten, bis man die Kälte als Wärme empfindet. 3. So weit vordringen, daß es keine Rückkehr mehr zum Leben gibt.«

Gerade dieser letzte Vorsatz klingt nach einer Entschlossenheit bis zum äußersten. Trotzdem stoßen wir noch auf der gleichen Seite auf die folgenden Zeilen von unüberhörbar trostlosem Tonfall:

»Immer wieder die Frage: Was hat es für einen Sinn, unter allen Umständen weiter vordringen zu wollen? Wenn ich mir meine einstigen Freunde vergegenwärtige! Wie sie hoch über mir von Ehrung zu Ehrung eilen, während ich hier, allein, krank vor Kälte und Isolation ... Wie fragwürdig mein Unternehmen sogar mir selbst geworden ist! Es gibt nur noch Zaudern, Zögern, eine müde Mutlosigkeit. Immer wieder die Versuchung, es endlich aufzugeben. Und wäre es auch dicht vor dem Ziel ...«

All diese hier zitierten Sätze zeigen uns, daß er ein Mensch war wie jeder andere, ja, daß er, ungeachtet eminenter Verdienste, zuweilen verzagter gewesen sein muß als der alltäglichste Tropf.

Zudem liefern seine Aufzeichnungen aufs neue den Beweis, daß auch das Leben eines Mannes, der meint, es bewußter als seine Mitmenschen zu lenken, zuletzt doch dramatischen Gesetzen gehorchen muß. Insofern nämlich, als er da und dort, allen Vorsätzen entgegen, vom erstrebten Weg abkommt und scheinbar weit in die Irre geht; um gerade hier, unerwartet und völlig überraschend, auf eine Entdeckung gestoßen zu werden, die einem sozusagen schon lange auf der Zunge brannte und vor der man sich gegen die Stirne schlägt und ausruft: »Wie konnte es nur geschehen, daß ich nicht schon längst darauf kam?«

Charakteristisch bleibt für ihn, daß er Naturerscheinungen zu personifizieren liebte, wie er anderseits Umschichtungen in der Geschichte der Menschheit als Naturereignisse ansah. So bezeichnete er gerne die großen Eiszeiten als Vormärsche gewaltiger Armeen der Kälte und wollte sie durchaus nicht anders behandelt wissen als etwa die Völkerwanderung oder die Heereszüge Dschingis-Khans. An dieser Tendenz, menschliches Verhalten wie ein Physiker, Naturereignisse aber wie ein Psychologe zu betrachten, hielt er eigensinnig fest; bei aller Sachlichkeit, wie sich versteht.

Aber was heißt hier Sachlichkeit? Ist sie doch nur von Wert, wenn ihr die Phantasie beisteht. Jeder Forscher weiß davon ein Lied zu singen. So auch er, indem er am Eingang des vierten Bandes seiner Tagebücher wörtlich sagt: »Welcher Erfolg wäre denn schon der bloß nüchternen Beobachtungsgabe beschieden, wenn ihr nicht die Einbildungskraft zu Hilfe käme! Erst die Ahnung, die Vorahnung, die Bereitschaft zur Utopie und der Trieb, Beobachtungen noch ein Stück weiter in die Zukunft vorauszudenken, kann uns noch unbetretenes Neuland entdecken lassen!« Und anderthalb Seiten danach: »Gewiß, die Fantasie wird dann und wann eher in die Irre gehen als die trockene Vernunft. Allein diese bleibt zumeist unfruchtbar, indes jene die köstlichsten Funde macht . . .«

Noch bewegt er sich ungebunden am Grund seines Gletschers, obgleich das Eis rings um ihn zuweilen bedenklich kracht, so daß er nachts aus dem Schlaf fährt und meint, die Welt einstürzen zu hören. Dann wird ihm bewußt, daß es ihm ja noch immer freisteht, auszufahren an die Oberfläche, ins Grüne, Sonnige, in den Alltag aller.

Auch kehrt er von Zeit zu Zeit noch in seinen Unterschlupf zurück. Ein Verschlag, von rohen Balken gestützt. Stroh. Der Schlafsack. Eine Laterne. Proviant. Das Tagebuch im Futteral aus rohfarbenem Leinen. Die scharf gespitzten Bleistifte. Das schwarze

Brett . . . Es ist ein Ort, heimelig trotz Einsamkeit und Kühle. Hier wenigstens ließe es sich ruhen.

»Es wird wärmer. Die Gletscher beginnen, sich polwärts und bergwärts zurückzuziehen!« stellt er zuweilen fest, wenn er seine vielen Thermometer sorgfältig prüft. Dann wieder beschäftigt ihn der Gedanke, daß vielleicht irgendwo ein anderer Gletscherforscher, besessen von der gleichen Leidenschaft, am Werke ist. Ein Freund, fern von hier, mag sein auch dicht in seiner unmittelbaren Nähe. Aber wer weiß, ob man zu Freunden geworden wäre? Denn unter Gletscherforschern will keiner den anderen zur Kenntnis oder gar ernst genug nehmen.

So lebt er nur noch seinem Werk. Doch der Drang, dem ungeheuren Gletscher rings um ihn die letzten Geheimnisse zu entreißen, dieser übermächtige Drang wird ihn mit logischer Konsequenz dereinst zermalmen. Er fürchtet sich davor und hat doch nichts dagegen einzuwenden. Es ist sein Glück, sein Leid, vergleichbar nur dem Drang eines Weibes, unter Schmerzen zu gebären.

Eines Tages, eines Nachts — aber wer kümmert sich schon um solche Unterschiede, wenn er sich weit genug von der Erde entfernt hat oder tief genug in sie eingedrungen ist —, eines ganz bestimmten Augenblicks wird der Gletscher, dieser Freund und Feind, nach ihm langen und wird ihn nicht mehr loslassen.

Seit Jahren weiß er um diese kommende Stunde. Und er hat nicht die Absicht, ihr zu entfliehen, obgleich er weiß, daß der Gletscher kein Erbarmen mit ihm kennen wird. Von unten her wird er ihn erfassen: zunächst seine Beine, die Hüften, danach den Brustkorb.

Dann wird es endgültig ernst werden. Aufrecht wird er im Eis stehen, das seine Aufgabe war, das er liebte und haßte wie nichts auf dieser Welt. Er weiß heute schon, daß er den furchtbaren Schmerzen — wenn der Gletscher sich daranmacht, in aller Unbekümmertheit seinen Brustkorb zu erdrücken —, daß er diesen Schmerzen nicht gewachsen sein wird. Denn er ist kein Held. Und so werden seine gellenden Schreie ungehört von den hohen, gekrümmten Gängen und Eisdomen widerhallen. Sie werden zunächst noch ansteigen, später aber allmählich schwächer werden, wenn die Erschöpfung ihn zu übermannen beginnt.

Sein Gehirn aber wird alle diese Stadien bis zuletzt registrieren. Bis er — gleich der Erleuchtung des Epileptikers unmittelbar vor dem Anfall und harten Sturz aufs Straßenpflaster — im letzten bewußten Bruchteil einer Sekunde seine Zukunft erkennen wird.

Halten wir seine Vision von einem sonnigen Tag, fast ein halbes Jahrhundert nach seinem schweren Tod, fest. Die Szenerie: hoch über der Baumgrenze, sonnig, aber kalt. Unaufhörlich rieseln die Eiswasser aus den verästelten Gletscherzungen zwischen glattgescheuerten Felsbrocken. Der dünne Urbeginn all jener Wasser, die auf weiten, tausendfach gekrümmten Wegen hinab anschwellen zu Flüssen, zu Strömen, von Schiffen befahrenen Strömen, die durch Hügelländer und zuletzt durch die Tiefebenen dem Meer entgegenfließen.

Aber hier, hoch oben, noch lange ehe es so weit ist, an ihrem kalten und kristallklaren Ursprung, hier wird der Gletscher seinen Erforscher auf grausige Weise ins Leben wiedergeben müssen. Freilich nicht im Ganzen, sondern so, wie er ihn fest umklammert gehalten, im Lauf der Jahrzehnte verschoben und zerstückelt hat; doch unversehrt vom Verfall, indes seine Zeitgenossen längst vermodert sind.

Sein zerfurchter, von den Leidenschaften der Erkenntnis gezeichneter Schädel wird da sein. Gliedmaßen. Ausrüstungsgegenstände. Tagebücher und Trümmer seiner Behausung, deren Kargheit künftigen Geschlechtern unverständlich bleiben muß. Wie man überhaupt feststellen wird, daß er — bei hoher Forderung an eigene Leistungen — hinsichtlich seiner Bedürfnisse von anachoretischer Anspruchslosigkeit gewesen war.

Neben solchen durchaus zutreffenden Ansichten über ihn muß es freilich auch zu einigen Mißverständnissen kommen. Vor allem, was seine wirkliche Größe betrifft, werden ihn die ersten vermutlich unter-, die anderen ihn überschätzen. Bedenklich bleibt dabei, daß gerade die zuletzt genannte Gruppe von Leuten jeden Tuchfetzen von ihm aufbewahrt, ohne auf den Gedanken zu kommen, daß vielleicht eben jetzt ein anderer Forscher tief am amphitheatralischen Grund seines Gletschers auf und ab geht, Messungen anstellt und sie sorgsam überprüft, ehe er sie in Tabellen einträgt . . .

Ein Bergungstrupp wird seine Überreste zu Tal schaffen, indes die Urenkel seiner Zeitgenossen am Wegrand stehenbleiben; in banger Neugier; mag sein, mancher von ihnen insgeheim befriedigt bei dem Gedanken: »Unser Berg! Nun hat er wieder einmal zugeschlagen!«

Aber dieser Tote hier ist ein Fremder. Einer, von dem niemand je zuvor gehört hat und von dem man noch nicht weiß, wie und wo man ihn einordnen soll.

Bis man sich endlich besinnt und nach dem ältesten Greis im Dorfe schickt.

Er tritt an die Bahre. Er setzt seine Lesebrille auf und starrt lange, aufmerksam dem Toten ins Gesicht, ehe er sich aufrichtet.

»Den da . . .«, murmelt er: »Ich glaube, den hab ich einst gekannt!«

Der Waldlauf

Immer, wenn unser Marktflecken von einem jener periodisch auftretenden Erdrutsche heimgesucht wird, findet unmittelbar danach ein Waldlauf statt, der sich über nahezu vier Monate erstreckt. Und jedesmal überrascht den Beobachter das festliche Gepränge und die Menge der Zuschauer, die zu diesem hervorragenden Anlaß aus allen, selbst den entlegensten Gegenden unseres Landes zusammenströmen; überrascht vor allem aber auch die hohe Anzahl gänzlich unbekannter Läufer, die sich — neben einigen wenigen berühmten Namen der letzten Konkurrenz — in die Startlisten eintragen, die allerorten auf den groben, aus ungehobelten Fichtenbrettern gefügten Tischen aufzuliegen pflegen.

Unter diesen zumeist ganz jungen Läufern gab man in eingeweihten Kreisen Eugen Lissa entschieden die besten Chancen. Schon sein Körperbau, sein Gewicht, der geringe Luftwiderstand seines schmalen, knöchernen Pferdeschädels sowie seine glänzende Kondition und Atemtechnik ließen aufhorchen. Hiezu kam — und dies wog vielleicht weit mehr — seine gründliche Kenntnis der umliegenden Wälder, all der Hügel, Schluchten und oft halsbrecherischen Steige, die er auf zahllosen einsamen Wanderungen aufmerksam studiert hatte. Kurzum, alle Fachleute waren seines Sieges gewiß. Und er selbst wohl auch. Denn so zurückhaltend er sich in aller Öffentlichkeit zu geben wußte, insgeheim träumte er oft von jenem Augenblick, in welchem er das mittlere und höchste der drei Podeste ersteigen würde, um unter dem Jubel einer unübersehbaren Menschenmenge aus den Händen des greisen Präsidenten den Lorbeerkranz aufs tief geneigte Haupt gedrückt zu bekommen.

Mag sein, daß solche Spekulationen damals schon seinen Verstand anzukränkeln begannen. Anders ist wohl das frappierende, jede Berechnung über den Haufen werfende Resultat dieses so bedeutenden sportlichen Ereignisses kaum zu erklären.

Schon beim Start begann das Debakel.

Als der Schuß aufpeitschend von den nahen Hügeln des Talkessels widerhallte und alles in die lebhafteste Bewegung geriet, wobei es freilich nur ganz wenigen gelang, sich an die Spitze zu setzen und unverzüglich das Weite zu suchen, das Gros hingegen kaum von der Stelle kam, da jeder den anderen mit den Ellenbogen zur Seite und hinter sich zu drängen oder ihm ein Bein zu stellen trachtete; als solcherart alles zu einer handfesten Prügelei auszuarten drohte, wollte Eugen, der bis dahin aufrecht inmitten des Tumultes gestanden und mit fest zusammengepreßten Lippen der Spitzengruppe nachgestarrt hatte, die eben am Ausgang des Tales in eine leicht ansteigende Waldschneise einbog, da wollte Eugen, im gleichen Augenblick von einem wuchtigen Fausthieb vor die Brust gestoßen und dadurch gleichsam erst aus seiner Betäubung erwacht, in aller Form Protest einlegen gegen einen so irregulären Start.

Allein seine Stimme ging unter im Dröhnen der beiden Blasmusikkapellen und des anschwellenden Applauses. So vermochte er weder durch lautes Schreien sich bemerkbar zu machen noch gelang es ihm, an die Ehrentribüne heranzukommen, in welcher die Honoratioren sowie die Herren der Rennleitung untergebracht waren. Und hier nun beging er einen entscheidenden Fehler.

Anstatt nämlich den außer Rand und Band geratenen Haufen hinterrücks zu umgehen und einfach loszurennen — mit gewohnt weiten Sätzen, endlich auf dem rechten Weg —, blieb er an Ort und Stelle und wurde so mehr und mehr in die kaum noch zu überblickende Keilerei verwickelt. Freilich brachte er es dabei nicht ganz zu der gleichen Inbrunst wie die meisten anderen. Nur da und dort, wo ein Gesäß sich in einer geeigneten Position bot, gab er ihm einen präzisen, kräftigen Tritt, knöpfte allerorten Hosenträger auf, zerrte Hemdzipfel heraus, soviel er nur vermochte, oder zog dem und jenem Fuß, der aus einem Knäuel ineinander verbissener Kämpfer herausragte, blitzschnell den Schuh aus und warf ihn hinter sich. Auch band er Zöpfe, die keineswegs zueinander gehörten, zusammen und riß da und dort mit einem kurzen, festen Griff an einer vorbeifahrenden Nase. Ferner warf er handvollweise und wahllos feuchtes Erdreich, Schlacke und verdorbene Lebensmittel unter die Zuschauer und die geballten Streiter.

Mit einem Wort, er stürzte von einem Brennpunkt der Ereignisse zum nächsten, höchst wirksam an jedem einzelnen, doch ohne rechte Überzeugung. Dies nahm freilich all seinen Aktionen den Charakter der Unschuld, den die der meisten anderen immerhin noch bewahrten, so heimtückisch sie auch ausfallen mochten. Zudem entging ihm, daß das Gewühl sich merklich gelichtet hatte. Denn nach und nach hatten die Kämpfenden voneinander abgelassen und sich in Scharen auf den Weg gemacht. Und nachdem selbst die Hartnäckigsten zur Besinnung gekommen und hinter den anderen hergeeilt waren, fand sich Eugen plötzlich allein, umgeben nur noch vom engsten Kreis seiner Freunde und Gönner.

Der Platz war ernüchternd leer geworden. Zerknüllte Eintrittskarten lagen umher, Flaschen, Becher, Pappteller, auf denen dunkel verfärbte Senfreste klebten. Wer nicht aktiv am Lauf teilgenommen hatte, war längst mit den Musikkapellen in den Ort hinabgezogen, um sich für den festlichen Ball am Abend vorzubereiten.

Die Dämmerung brach herein. Verdrossen hob Eugen die Arme und ließ sie wieder sinken. Wie ganz anders hatte er sich doch diesen großen Tag vorgestellt! Seine Kleidung war zerfetzt, der Windschirm seiner Mütze ausgerissen, vom erbarmungswürdigen Zustand der neuen Laufschuhe ganz zu schweigen. Sein alter, gefährlicher Hang zur Resignation und zum Räsonieren wollte sich endlich Luft machen.

Aber seine Stimme war heiser geworden. Und da nun einige den Vorschlag machten, einmal einen zu heben, denn zum Start wäre es für einen Mann seines Formats noch immer Zeit genug, setzte er sich zunächst zur Wehr, fügte sich aber schließlich der Mehrheit, wenngleich in recht moroser Verfassung seines Gemüts.

In der Gastwirtschaft am Eingang des Marktflekkens fand sich in einer Nische noch ein freier Tisch. Das Licht, die behagliche Wärme und einige eilends herbeigebrachte Karaffen Weines, dazu die unbekümmert fröhliche Stimmung ringsum ließen Eugen für eine Weile seinen Kummer vergessen. An allen Tischen wurde erregt über das heutige große Ereignis debattiert. Selbst der beleibte Wirt war von einer Gruppe heftig gestikulierender Männer umgeben, welchen er, mit halbgeschlossenen Augen vor sich hin nickend, zuhörte. Eine andere Gruppe hatte um einen Stammtischwimpel die Köpfe zusammengesteckt, voll Eifer aufeinander einredend, wobei sie immer wieder Blicke zu Eugen herüberwarfen. Dieser, durch so zudringliche Neugier etwas unsicher geworden, wollte ihnen schon zutrinken, als ihn sein Nachbar auf einen Herrn aufmerksam machte, der sich eben von seinem Platz nahe dem Notausgang erhoben hatte und, schon etwas unsicher auf den Beinen, ihrem Tisch zusteuerte, wo er nun, offensichtlich weil er das Band eines Festordners im Knopfloch und einen Feldstecher an der Seite trug, mit großem Respekt begrüßt wurde.

Es war ein Herr der Rennleitung, »die so kläglich versagt hat«, wie Eugen ihm auch sogleich vorhielt.

»Wieso versagt?« — entgegnete dieser und zog befremdet eine Braue hoch. Es wäre doch alles programmgemäß verlaufen. So und nicht anders sei ein normaler Start, ja, noch nie hätte es einen unter anderen Bedingungen gegeben. Im übrigen — wieder zog er die eine Braue hoch — wundere er sich sehr, Eugen hier anzutreffen. Denn er habe ihn längst tief im Lande vermutet, wohin ein Mann mit seiner Begabung doch weit eher gehöre.

Eugen glaubte seinen Ohren nicht zu trauen. Doch nach einigen Gläsern mußte er dem Manne insgeheim recht geben. Und da nun erneut die Rede auf den Geländelauf sowie auf die landschaftliche Schönheit einiger schwieriger Teilstrecken kam und man sich sodann in Vermutungen über das Endresultat zu ergehen begann, wobei aufs bedenkenloseste getrunken wurde, da fühlte Eugen seinen Grimm mehr und mehr anschwellen. Bis er endlich mit der Faust auf den Tisch schlug, emportaumelte und — in die jäh eingetretene Stille hinein — mit lauter Stimme verkündete, daß er sich entschlossen habe, doch noch zu starten.

Ein ungeheurer Tumult brach los. Alle waren in höchster Erregung von ihren Stühlen aufgesprungen und drängten sich um Eugens Tisch. Jeder wollte ihm auf die Schulter klopfen, jeder mit ihm anstoßen, auf den sicheren, glorreichen Sieg.

Ob er denn wirklich sofort . . ., wollte jener Herr von der Rennleitung wissen. Aber da kam er schlecht an. »Ja! Jetzt! Hier! Sofort! Sogleich und ohne Verzug, in diesem Augenblick!« — herrschte Eugen ihn an. Denn kein anderer Augenblick wäre geeigneter als gerade dieser eine. Und in der Tat brach er unverzüglich auf, und alle anderen hinterdrein.

Eine windige Nacht wölbte sich hoch über dem Haufen, der nun singend durch die leeren Gassen zog, zum Ort hinaus, den Abhang hinan. Als sie den Startplatz erreichten, trat der Mond hinter einer Wolke hervor und legte eine Lasur kalten Lichts auf das Gerüst der Ehrentribüne und die langen Reihen leerer Bänke, die sich im Halbrund die steilen Abhänge in große Höhe emporstaffelten.

Schon kauerte Eugen in der Startgrube, das Kinn vorgeschoben, jeden Muskel straff gespannt; in ganz vorschriftsmäßiger Haltung also, wenngleich recht benebelt im Kopf. Jemand hatte in aller Eile ein Terzerol aufgetrieben und wollte eben den erlösenden Schuß abfeuern, als man ihm in den Arm fiel. Dem Herrn von der Rennleitung war nämlich, gerade noch zur rechten Zeit, aufgefallen, daß Eugens Stellung ja in die verkehrte Richtung wies. Doch dieser — auf seinen offensichtlichen Irrtum aufmerksam gemacht — erklärte, es habe schon seine Richtigkeit so. Er fühle Kraft genug in sich und habe durchaus die Absicht, um den ganzen Erdball zu laufen und dennoch alle anderen Konkurrenten mit Abstand zu besiegen, auch wenn er ihnen fast einen ganzen Tag vorgegeben hatte.

Es kostete einige Mühe, ihn von diesem Vorhaben abzubringen. Jedesmal, wenn man ihn mit vereinten Kräften in die Startgrube gepreßt hatte, drehte er sich, kaum losgelassen, sogleich in die entgegengesetzte Richtung und kauerte wieder, das Kinn vorgeschoben, jeden Muskel straff gespannt. So blieb denn nichts anderes übrig, als ihn mit Gewalt auf den rechten Weg zu weisen.

Man packte ihn, hielt ihn fest, flüsterte ihm eindringlich seine Aufgabe ins Ohr, zog ihm mit dem Ochsenziemer einen Schlag über den Rücken und — ließ ihn fahren.

Da rannte er denn unverzüglich los, den sanften Abhang hinab, auf und davon in die Nacht — und ward nicht mehr gesehen.

Indes die Zuschauer noch eine Weile ausharrten, sich dann aber zu zerstreuen begannen, unterwegs in Gruppen noch des längeren über Eugens verstiegenen Eigensinn diskutierend, zog dieser längst seine Bahn durchs nächtliche Land.

Die langgezogene Waldschneise hatte er bald hinter sich gebracht und lief nun quer über einen von Brombeerranken überwucherten Kahlschlag und, knapp eine Stunde danach, das ausgedehnte Hochmoor entlang.

Schon nach den ersten Sätzen hatte er sich eingestehen müssen, wie es wirklich um ihn stand. Er hatte einiges zuviel getrunken. Seine Beine bewegten sich unter ihm, als gehörten sie nicht zu ihm. Die Hände waren noch recht verkrampft. Und schwer ging sein Atem. Auch sah er zuweilen einen Grenzpfahl doppelt, von dem er wußte, daß es ihn nur ein einziges Mal gab auf dieser Erde. Doch überstand er alle Anwandlungen von Schwäche. Und nach genau zehn Minuten scharfen Zwischenspurts fühlte er erwärmt, daß er zusehends in Fahrt geriet. So beschloß er denn, die Nacht ohne Unterbrechung durchzulaufen. Sein Kopf wurde freier. Ein anderer, nüchterner Rausch begann von ihm Besitz zu ergreifen.

O schöne Nacht!

Du Nacht rasanter Vorstöße in unbekanntes Neuland! Einsames Glück, indes die andern alle schlafen!

Oft fand er sich im Tale, die mondhellen Straßen voranhastend, an erloschenen Gehöften, Dorfkirchen und Spritzenhäusern vorbei. Dann wieder querte er mit unverminderter Geschwindigkeit hoch über der Baumgrenze die freien Almweiden der Bergbauern und sah tief unten eine Flußwindung im Mondlicht glitzern und weit voran die breiten Zungen der Gletscher, denen er zustrebte. Einmal ging es viele Meilen einen Bahndamm entlang. Hier wurde er, allen Anstrengungen zum Trotz, vom Nachtexpreß überholt und gerade durch ihn, dem er seine gräßlichsten Verwünschungen hinterherbrüllte, zu bisher ungeahnter Leistung angespornt.

Am liebsten aber lief er in spätherbstlich schütteren Laubwäldern auf jenen breiten, raschelnden Wegen, die in leichtem Auf und Nieder, im ganzen annähernd den Höhenlinien folgend, tief hineinführen ins Land seiner Kindheit. Hier fühlte er sich allen Konkurrenten überlegen. Und hier geschah es denn auch, daß er den ersten von ihnen oder, exakter ausgedrückt, den letzten aus dem nun schon weit auseinandergezogenen Feld überholte.

Schon von weitem hatte er ihn gewittert. Hatte unverzüglich die Spur aufgenommen und sein Tempo forciert. Zu seiner Überraschung aber konnte er ihn lange Zeit hindurch nicht erreichen, so daß er bereits wähnte, er hätte sich getäuscht. Erst als er, weit später, steil hinab in eine Schlucht und den Gegenhang keuchend wieder emporgestürmt war und oben mit etlichen Sprüngen über eine Bodenwelle setzte, stieß er im Dunkel des nun dichteren Waldes mit solcher Plötzlichkeit auf ihn, daß er ihn ums Haar niedergerannt hätte.

Sein Schrecken war ungeheuer. Noch lange danach vermochte er sich kaum zu beruhigen. Und obgleich er nun den anderen längst hinter sich wußte, fürchtete er noch immer, von ihm auf einem unbekannten Abkürzungssteig, also gleichsam in der Luftlinie, überholt zu werden und ihn hinter einer der nächsten Kurven vor sich auftauchen zu sehen, so jäh aus der Erde gewachsen, daß er ihn zum zweitenmal ums Haar niederrennen würde. Auch wunderte er sich, daß er bisher erst diesen einen Mann zu überholen vermocht hatte. Wo — so fragte er sich voll Sorge — wo mochten dann erst die anderen Läufer sein, wenn schon der letzte unter ihnen eine so beachtliche Strecke hinter sich gebracht hatte?

Indes sollten sich seine Befürchtungen bald als unbegründet erweisen. Denn es war überhaupt nur dieser eine und noch viele weitere Leute, die er gleichfalls nach und nach zu überholen vermochte, in dieser Nacht unterwegs. Alle übrigen hatten sich längst zur Ruhe begeben. Und jetzt, da ihm dieser Sachverhalt zu Bewußtsein gekommen war und er folglich im Laufen aufmerksamer um sich blickte, jetzt konnte er sie zuweilen auch ausnehmen. Da und dort, unter Brücken, an Rändern von Lichtungen oder auf freiem Feld im Mondschatten einer Scheune oder eines Straßenwärterhauses lagen sie, einzeln oder in Gruppen beisammen, zumeist auf dem Rücken, lang ausgestreckt, die Arme unter den Hinterkopf geschoben, das ernste Gesicht zum Himmel emporgerichtet. Einige von ihnen hatten sich, offenbar, um am Morgen möglichst wenig Zeit zu verlieren, dicht am Straßenrand gelagert. Ja, ein paar lagen sogar quer über den Weg, so daß Eugen, zumal gerade diese Stellen völlig im Dunkeln lagen, Mühe hatte, im letzten Augenblick über sie hinwegzusetzen.

Der Umstand, daß fast alle Mitläufer diese erste, entscheidende Nacht verschliefen, gab Eugen einen ungeahnten Auftrieb. Zum andern aber erschienen ihm nun die wenigen Läufer, die er überholt hatte, in einem ganz neuen Licht, hatten sie sich doch keineswegs im abgeschlagenen Feld befunden, sondern waren offensichtlich entschlossener und zäher als die meisten anderen. Wie recht Eugen mit dieser Vermutung hatte, sollte sich am Ende der Konkurrenz erweisen, als einer unter ihnen als Sieger durchs Band lief und zwei weitere sich unter die ersten sieben Ränge plazieren konnten; während Eugen . . .

Aber vorderhand war er ja noch emsig unterwegs. Lief, nachdem er das weit auseinandergezogene Feld endlich hinter sich gebracht und den Ozean erreicht hatte, ohne das geringste Anzeichen einer Ermüdung den Strand entlang nach Nordnordwesten. Der herbe Seewind ließ ihn für eine Weile Weg und Ziel vergessen. In der Ferne konnte er lange Zeit hindurch die

Lichter der Küstenpatrouillen erkennen. Und als er im Morgengrauen im Freihafen den steinernen Kai entlanghastete, sah er ihre Boote einlaufen, eines im Kielwasser des anderen.

Er wußte, daß die Matrosen, nach einem kräftigen Imbiß, noch in dieser Stunde sich zur Ruhe begeben würden. Und er malte sich eine behaglich warme Bettstatt aus und den Augenblick des Versinkens in einen tiefen, wohlverdienten Schlaf. Trotzdem beneidete er sie nicht. Vielmehr fühlte er bei dieser Vorstellung erst recht das kalte Glück aller Posten, die auf Wache stehen, indes die andern schlafen. Eine Empfindung, die ihn an jene Zeit seiner einsamen Erkundungsgänge erinnerte. In solchen Epochen kannte er weder Kälte und Hunger noch Hitze und Durst. Seine Bedürfnisse waren auf ein Mindestmaß herabgedrückt. Oft und gerne verglich er sich dann mit einem Dromedar, namentlich, wenn er an den Rand der Wüste kam und sich voll Ingrimm der Aufgabe bewußt war, sie durchqueren zu müssen; mit den kärglichsten Vorräten nur, ohne Karte, ohne Kompaß, ohne Aussicht, gerettet zu werden, falls er in die Irre gehen sollte.

Er brachte sie dennoch hinter sich. Und bewältigte zusätzlich die schwindlig hohen Saumpfade an den Kalkriffen, die Weizenfelder, die ausgedehnten Friedhöfe und die französischen Parks, an deren grünen Wänden, Nischen und überlebensgroßen steinernen Figuren er ohne Aufenthalt vorüberhastete. All dies bewältigte er ohne sonderliche Mühe und war so auf dem besten Weg, am Ende mit bisher unerreichtem Vorsprung ins Ziel zu laufen, wenn ihn nicht schließlich doch all jene Eigenschaften übermannt hätten, die längst in ihm geschlummert und zuletzt seinen ganzen Organismus verseucht hatten.

Sie aufzuzählen und zu analysieren soll nun, in aller Kürze, unsere Zeit beanspruchen, ehe wir fortfahren wollen im Gang der für Eugen so tragischen, weil selbstverschuldeten Ereignisse.

Von seinem unseligen Hang zur Resignation und zum Räsonieren war bereits die Rede. Desgleichen von seinen Wachträumen, die er bis ins kleinste Detail auszuspinnen pflegte. Dabei gab er sich mit Vorliebe der Vorstellung hin, nicht auf dem ersten, sondern, ganz dicht dahinter, auf dem zweiten Platz zu landen. Selbstverständlich nicht infolge geringerer Leistung, sondern nur auf Grund eines Mißgeschicks oder seiner besonderen sportlichen Haltung, seiner Fairneß wegen; so daß am Ende doch sämtliche führenden Blätter darin einig waren, ihn als den eigentlichen, den moralischen Sieger rühmend hervorzuheben.

Man sieht schon, er liebte es, sich in widersinnigen, ganz überflüssigen Theorien zu ergehen. Und ohne Zweifel war dieses ständige Entwerfen von Plänen und komplizierten Systemen dazu angetan, seinen Sinn für wirkliche Sachverhalte zu unterhöhlen. Hiezu kamen — gleichsam als erschwerende Umstände — drei Eigenheiten, die zu gewissen Zeiten recht nützlich sein mögen, in Eugens Situation jedoch entschieden fehl am Platz waren. Nämlich, erstens seine Lust, stets zu experimentieren. Zweitens, daß er nichts genügend ernst nehmen konnte. Und drittens endlich die Vorstellung, Zeit im Überfluß vor sich zu haben, wodurch er immer in einer Art Provisorium lebte und jede Entscheidung gern auf einen späteren Zeitpunkt verschob.

Fügt man hinzu, daß er einerseits voll Mißtrauen, zum anderen aber leichtgläubig bis zur Selbstaufgabe war — und zwar beides am jeweils falschen Ort —, so rundet sich das Bild seines zerrissenen, viel zu bewußten Charakters schon recht plastisch ab. Doch nicht genug an dem war er auch — so verletzlich, ja hochgradig empfindlich er zuweilen reagieren konnte — gleichzeitig selbst oft von verletzendem Hochmut. Nicht nur einmal ließ er einen Gesprächspartner mitten im Satz stehen und kehrte ihm ostentativ den Rükken. Wer nun aber meint, Eugen wäre zurückhaltend gewesen, der geht in die Irre. Ganz im Gegenteil. Er konnte einfach nichts bei sich behalten. Es fehlte ihm die Fähigkeit zur üblichen freundlich-distanzierten Konversation. Entweder schwieg er hartnäckig, oder seine Geschwätzigkeit überstieg — namentlich, wenn er getrunken hatte — alle Grenzen geläufigen Anstands, so daß seine Zuhörer einander bedeutsame Blicke zuzuwerfen begannen. Mit dieser, von ihm selbst freilich oft verwünschten Redseligkeit hing es wohl auch zusammen, daß er anderen immer seine besten Tips gab. Ein ganz regelwidriges Verhalten, mit dem er sich selbst vermutlich mehr Schaden zufügte als mit allen anderen, an sich nicht eben förderlichen Eigenschaften zusammen. So suchte er — um nur ein Beispiel zu nennen — allen Läufern, die er überholte, Ratschläge zu geben, sei es hinsichtlich der Haltung oder der Atmung oder der und jener kommenden Passage, die schwierig zu nehmen war. Ohne jeden Dank, versteht sich, und, wie schon erwähnt, nur sich selbst zum Schaden.

Aber wir sind noch nicht am Ende. Ganz im Gegensatz nämlich zu seinem Eifer, andere mit Rat und Tat zu fördern — und sei es auch noch so ungebeten —, wies er für seine Person jede helfende Hand zurück; von etwaigen Protektionen ganz zu schweigen. Und da er mit der gleichen Beharrlichkeit alles Glück ablehnte, begann es endlich auch, ihm fernzubleiben; worüber er wiederum, in paradoxer Weise, sich beklagte. Aber Festigkeit und Konsequenz zählten ja zu seinen Stärken nicht, weder in Worten noch in der Tat. Es genügt, sich des leidigen Hin und Her anläßlich seines Starts zu entsinnen. Wer aber eines weiteren Beweises bedarf, dem seien noch die beiden folgenden, für Eugens Charakter bezeichnenden Begebenheiten berichtet.

Am Ende des weitläufigen Parks, von dem schon die Rede war, steuerte er quer über den rechteckigen, mit Kies bestreuten Platz dem Schloß zu, die sanft ansteigende Auffahrt hinan, durchs hohe Tor, dessen Flügel weit geöffnet waren, und eilte dann zur ebenen Erde durch eine Reihe kühler, leerer Schauräume. Als er aber im rechten Winkel in die nächste Flucht bog, um auch hier, zwischen roten Schnüren, einen Raum nach dem anderen hinter sich zu bringen, stieß er in einem Saal, der weit größer als alle vorangegangenen war, auf eine Gruppe von Leuten, die sich in einem den Fenstern abgekehrten Winkel um einen Führer geschart hatte.

Hier nun konnte Eugen, obzwar bemüht, keinerlei Aufsehen zu erregen, doch nicht verhindern, daß die

Aufmerksamkeit der Leute von dem überdimensionalen Gobelin, dessen Einzelheiten der Kustos eben mit Hilfe eines langen Stabes erklärte, abgelenkt wurde und sich ihm zuwandte. Aller Augen lagen befremdet auf seinen rhythmisch angehobenen Knien und seinen vorschriftsmäßig abgewinkelten Armen. Dies brachte ihn völlig aus dem Konzept. Auch schämte er sich angesichts so vieler Zuschauer seines Eifers. Sein ganzes Unternehmen erschien ihm mit einemmal fragwürdig, ohne Sinn und nur noch wert, aufgegeben zu werden.

Trotzdem wäre er unter Umständen noch heil über diese Hürde hinweggekommen, hätte er nicht inmitten der Gruppe zwei Männer wiedererkannt, die, selbst einst hervorragende Läufer, sich mittlerweile ganz anderen Aufgaben zugewandt hatten und es überdies liebten, ihre einstigen Ambitionen als eine Art Jugendtorheit abzutun.

Was ist hier weiter zu berichten? Eugen hielt ein und — schloß sich der Gruppe an. Ein wenig verlegen zwar, noch fremd, aber »endlich zur Vernunft gekommen«, wie seine beiden Freunde versicherten, als man sich nach der Führung zu einem Glas Wein zusammensetzte.

Der Leser ahnt gewiß, was folgt. Es blieb nicht bei diesem einen Glas. Blieb auch weder beim zweiten noch bei jenem tückischen »aller guten Dinge sind drei«. Vielmehr ging es jetzt erst richtig ans Bechern. Aber was heißt hier bechern? Man soff. Ja, es hatte den Anschein, als suchte jeder gewaltsam sich selbst zu ertränken. Von Schenke zu Schenke schwoll der Haufen rabiat gewordener Zecher an. Eugen, mitten unter ihnen, hatte alsbald die Führung an sich gerissen. Zwar überkam ihn zwischendurch noch ein Anhauch von Sehnsucht nach der Nüchternheit und Frische steiniger Wege durch den Wald, namentlich, wenn es auf allen vieren in finsterer Entschlossenheit durch die Hafenviertel ging und seine Finger die Rauheit der Pflastersteine spürten. Im ganzen aber war er weder willens noch imstande, seinem Rutsch bergab überhaupt noch Einhalt zu gebieten. Dabei will das Wort Rutsch hier keineswegs bloß metaphorisch verstanden sein. Denn in der Tat kollerten sie alle, nachdem sie den Hügel, auf dem der seither geschleifte Leuchtturm stand, erklommen hatten, am anderen Hang mit zunehmender Geschwindigkeit die steile Gasse hinab und landeten recht angeschlagen, doch in fröhlicher Stimmung, in einem jener Häuser, deren ausführliche Beschreibung wir dem Leser ersparen wollen.

»Nehmt die gute Stimmung wahr, denn sie kommt so selten!« — raunte er sich selbst zu, heiser vom Grölen obszöner Lieder, auf und nieder wogend zwischen prallen Schenkeln, Gesäßen und Brüsten. Alle Vorsätze waren in den Seewind geschlagen, für Tage und Nächte rastloser Exzesse, in denen die prahlerischen Redensarten aufs prächtigste gediehen, wilder Chorgesang erscholl und des gegenseitigen Schulterklopfens kein Ende war.

Nimmt es wunder, daß unter solchen Umständen alle seine Konkurrenten ihn überholten? Ja, daß sie seiner vergaßen? Hielt man ihn doch — nicht ganz zu Unrecht — für einen, der den Kampf aufgegeben, einen Abgeschriebenen, gleichsam von der Liste Gestrichenen, dem man nie mehr trauen kann, auch wenn er in Zukunft noch einmal versuchen sollte, jemandem Sand in die Augen zu streuen. Wobei auch dieser Passus nicht nur metaphorisch verstanden werden soll.

Daß er sich noch einmal, allerdings nur mit äußerster Mühe, aufraffte und Schritt für Schritt ernüchterte, bis er endlich eines Abends im Vorfrühling losrannte, ja daß er sich sogar erneut an die Spitze zu setzen vermochte, hätte niemand für möglich gehalten. Man mußte es einfach zur Kenntnis nehmen, widerwillig zwar und mit einiger Skepsis. Wie berechtigt diese war, soll das bereits angekündigte zweite Beispiel seiner Inkonsequenz dartun, welches gleichzeitig auch ein Beleg ist für seine Lust zu experimentieren, seinen Mangel an Gefühlen für den Wert der Zeit und schließlich auch für seine Eigenheit, nichts völlig ernst nehmen zu können.

Als er nämlich zum zweitenmal schon eine geraume Weile die Spitze innegehabt hatte, gelüstete es ihn plötzlich, die Größe seines Vorsprungs mit eigenen

Augen zu konstatieren. Ein unverzeihlicher Fehler. Denn wer läuft, hat sich nicht umzudrehen und schon gar nicht stehenzubleiben. Er aber, von einem Teufel der Selbstzerstörung gepackt, schwang sich, aus einem Fichtenwald jäh ins Sonnenlicht hervorbrechend, mit einem Satz über den Zaun zur Rechten und warf sich ins hohe Gras der Wiese, die hier noch sanft, nach ein paar Schritten aber steil hinabfiel in ein Tal, auf dessen Grund man einige Gehöfte liegen sehen konnte.

Hier nun harrte er der Läufer, die alle an dieser Stelle vorbeikommen mußten, wollten sie nicht disqualifiziert werden. Und hier kam ihm zum erstenmal zum Bewußtsein, mit wem er es überhaupt zu tun hatte. Tief ins Gras geduckt sah er sie, einzeln oder auch in Gruppen, herankommen und vorüberkeuchen. Die meisten hatten keinen Blick für die Schönheit dieses exponierten Punktes, sondern stürzten ohne Verzug den steinigen Weg hinab und verschwanden hinter einem Stoß sauber gestapelter Holzscheite. Nur ganz wenigen sah man an, daß sie der jähe Ausblick stutzig machte. Doch hielten auch sie nicht im Laufen inne.

Was Eugen geradezu maßlos verwunderte, war die Tatsache, wer aller das Wagnis unternommen hatte, sich an diesem Lauf zu beteiligen. Da gab es Leute, die nur mit Mühe vorankamen, hochroten Angesichts, schwitzend, das Hemd weit geöffnet. Andere hatten offensichtlich den Wolf und die Füße voller Blasen. Wieder andere hörte er Stoßgebete murmeln oder grimmig fluchen, und er sah, daß ihre Wangen von Tränen benetzt waren. Ferner tauchten, etwa ab der Mitte des überraschend weit auseinandergezogenen Feldes, immer wieder Läufer auf, die vermutlich von keiner anderen Rennleitung zu einer so schwierigen Aufgabe zugelassen worden wären: Einäugige, Hinkende und Leute, die sich nur mit Hilfe eines Stockes oder zweier Krücken fortbewegen konnten. Am erstaunlichsten aber waren jene, die sich zu einer Art Symbiose zusammengetan hatten; und unter diesen wieder zwei, übrigens schon bejahrte Männer, von denen der eine gänzlich Erblindete den anderen, der zwar sah, jedoch an beiden Beinen gelähmt war, gleich einem Schubkarren durchs Land steuerte.

Überflüssig zu betonen, daß sich Eugen allen Läufern überlegen fühlte; von den zuletzt Genannten gar nicht zu reden, obgleich deren Tapferkeit sowie der Umstand, daß sich gerade dieses Paar keineswegs im abgeschlagenen Feld befand, ihn nachhaltiger beeindruckte, als er sich fürs erste eingestehen wollte. Auch war er längst des untätigen Wartens überdrüssig und verspürte wieder Lust, aktiv in den Kampf einzugreifen. Trotzdem blieb er. Denn Zeit lag vor ihm im Übermaß. Und übermächtig war sein Verlangen, auszuharren, bis auch der letzte Läufer ihn passiert haben mußte.

Als die Nacht hereinbrach, richtete er sich, so gut es ging, zum Schlafen ein. Aber die Kälte ließ ihn kaum zur Ruhe kommen. Zudem kitzelte es beträchtlich, wenn Insekten über sein Gesicht liefen. Versank er aber, von Müdigkeit und Langeweile übermannt, so begannen ihn alsbald Träume von großer Lächerlichkeit heimzusuchen.

Dann und wann schreckte er auf, hörte, auf die Ellenbogen gestützt und den Kopf erhoben, einen oder mehrere Läufer durch die Finsternis vorübereilen. Zwei von ihnen sangen mit lauter Stimme, offenbar um Angst und Zweifeln Herr zu werden. Alle anderen verhielten sich, wie es der stillen Stunde angemessen war.

Ohne sich zu regen lauschte Eugen ihnen nach, befriedigt, wenn er sie knapp danach über das unerwartet steile Gefälle hinunterstürzen, sich unter wüsten Flüchen aufrichten und ihre Schritte allmählich in der Dunkelheit verklingen hörte. Dann wurde es jedesmal doppelt still. Namentlich weit nach Mitternacht, als die ersten Tropfen fielen und es regnete, lautlos, ohne Ende, so daß er sich mehr und mehr mit dem nassen Gras und der Erde verwachsen fühlte.

Später hätte er weder anzugeben vermocht, wie viele Tage und Nächte er an diesem Ort verbracht, noch ob er die letzten Läufer überhaupt erlebt hatte. Denn einerseits war es ihm, als hätte er manchen Käfer, der in der Finsternis über sein nasses Gesicht gehuscht war, mit manchem vorbeieilenden Läufer verwechselt. Zum anderen wurde er den Verdacht nicht los, daß ein gar nicht geringer Teil seiner Konkurrenten längst ausgeschieden war; sei es nur aus diesem schonungslosen Wettlauf, sei es aus dem Leben. Unnütze Überlegungen, die nur seinen Start verzögerten, sein überempfindliches Gewissen beschwerten, seine Kräfte zermürbten. Hinzu kam ein schmerzhafter Rheumatismus, den er sich in so vielen Nächten im Schnee und Regen zugezogen hatte, so daß er, als er sich endlich doch erheben wollte, kaum noch dazu fähig war.

Verkrümmt, greisenhaft grauen Gesichts, machte er sich wieder auf den Weg. Kroch hügelauf, hügelab; oft rastend dazwischen, schwer auf ein langes Scheit gestützt, wenn Schwäche ihn übermannte oder der Krampf gleich einem Blitz in seine Waden schlug.

Er hatte die Gewohnheit angenommen, laut mit sich selbst zu sprechen, wobei er zuweilen triumphierend vor sich hin lächelte oder die Faust zum Himmel reckte, um sie dann mit solcher Wucht herniedersausen zu lassen, daß er aus dem Rhythmus kam und zu Boden stürzte. Eine weitere neue Gewohnheit war der Gebrauch verschiedener Stimulantia, die seine Zweifel, sowohl an sich selbst als auch am Sinn dieses ganzen Wettlaufs, übertönen sollten; und die es doch, wie alle solche Mittel, in sich haben, dem Organismus auf lange Frist abzufordern, was sie ihm für den Augenblick bescheren. So konnte er zeitweise nur vorankommen, wenn er sich gehörig Mut angetrunken hatte oder eine Musikkapelle ihn begleitete, nur um der gähnenden Stille einmütiger Ablehnung und Mißtrauens zu entrinnen.

Kurzum, er unterschied sich kaum noch von all jenen Leuten, die er einst verlacht hatte. Ja, eine Zeitlang machte auch er sich auf die Suche nach einem Gefährten, der sein Los mit ihm teilen sollte. Und er fand diese Hilfe schließlich in einem Mann, der, gleich ihm, jeden entscheidenden Augenblick verschlafen hatte.

Daß ihre Zusammenarbeit kläglichen Schiffbruch erleiden sollte, stand zu erwarten. Zu inständig klammerten sie sich aneinander. Zwar gelang es ihnen auf solche Weise, manchen unbedeutenden Hügel mit vereinten Kräften zu erklimmen, weit häufiger aber rissen sie einander in die Tiefe, kollerten Abhänge hinab oder stürzten in randvolle Wassergräben. Dabei war sich Eugen unablässig der Schmach bewußt, es allein nicht mehr schaffen zu können. Dann erfüllte ihn Erbitterung gegen den anderen, dem es ja vermutlich ebenso erging; obgleich zu dessen Ehre gesagt werden muß, daß er den wahren Sachverhalt eher durchschaute, gutmütiger war und oft tiefes Mitleid für Eugen empfand.

Ersparen wir uns die Schilderung der näheren Umstände, unter denen diese von Anbeginn bedenkliche Symbiose auseinandergehen mußte. Sie sind kein Ruhmesblatt in Eugens Biographie. Uns mag genügen, daß er eines Nachts seinen Weggefährten abzuschütteln vermochte und wieder einen nach dem anderen zu überholen begann. Bis er endlich, zum dritten- und letztenmal, die Führung an sich reißen konnte.

Gerade zur rechten Zeit. Denn als er gegen Mittag die staubig-heißen Serpentinen hinaufgehastet war und endlich die Paßhöhe erreichte, da sah er, noch ganz außer Atem, tief unten im Talkessel das weite Halbrund des Startplatzes liegen.

Alle Reihen waren dicht besetzt. Die Fahnen der Nationen flatterten im scharfen Wind. Staub wirbelte auf. Gewirr von Stimmen. Wie aus weiter Ferne drang nun der Tusch der Blasmusikkapellen zu ihm herauf, mit dessen Einsatz es die Gesichter der Zuschauer zu ihm emporriß.

Alle Anstrengungen der letzten Jahre waren vergessen. Zum erstenmal wurde ihm voll Staunen bewußt, daß er im Kreis gelaufen war; wenngleich in keinem so unmenschlichen, wie er ihn sich erträumt hatte. Und als er sich nun anschickte, die breite, von zahllosen Fähnchen gesäumte Bahn hinunterzurennen, dem Ziel entgegen, da war es ihm, als wartete das weiße Band zwischen den beiden Masten nur darauf, von seiner Brust zerrissen zu werden.

Hält man es für möglich, daß einer, an solchem Punkte angelangt, noch zu zaudern, jetzt noch den sicheren Sieg leichtfertig aus den Händen zu geben vermag?

Und doch verhielt es sich so. Warum? — Wer vermag es zu sagen? Er selbst wäre vermutlich um eine Erklärung verlegener gewesen als die meisten Zeugen seines Unterganges. Er erinnerte sich später nur noch, daß er im ersten Drittel des Gefälles, als er eben die letzte Bankreihe erreicht hatte, sich plötzlich zur Seite duckte, unter einer Barriere hindurchschlüpfte und sich hastig unter die Zuschauer mischte, die, in eine lebhafte Debatte verwickelt, seiner gar nicht gewahr wurden.

Nur einen Augenblick wollte er hier verweilen, nur so lange, bis sein Verfolger auf dem Sattel über ihm auftauchen würde. Dann wollte er noch rechtzeitig auf die Bahn hinaussprengen und ihm den Sieg sozusagen vor der Nase entreißen.

Allein es kam anders. Von allen Seiten gestoßen und übers Ohr gehauen, übersah er den zweiten Läufer, der ihm übrigens dichter auf den Fersen war, als er angenommen hatte; übersah ihn nicht nur, sondern entdeckte ihn überhaupt erst, als dieser, von vier weiteren Konkurrenten verfolgt, schon tief unten, wo es flach wurde, in geradezu wahnwitzigem Tempo dem Ziele entgegenraste.

Nun war es freilich für einen Sieg zu spät. Anstatt aber wenigstens noch zu versuchen, einen der folgenden, durchaus ehrenvollen Ränge zu erreichen, gab er es auf. Allerdings wäre es ihm auch kaum möglich gewesen, sich dem Tumult, der nun allenthalben ausbrach, zu entwinden. Denn alles strömte bereits hinab in die Arena, riß unterwegs die Bänke nieder, schrie durcheinander, schwenkte Fähnchen und ergab sich ohne Hemmung dem allgemeinen Jubel. Ja, wie seinerzeit beim Start, drohte alles abermals in eine handfeste Prügelei auszuarten. Eugen, von allen Seiten gestoßen und getreten, beteiligte sich, nach einem letzten Versuch zu entkommen, aufs inständigste an ihr. Nur diesmal weit bösartiger, voll Erbitterung und wehen Herzens.

So kam es denn, daß er nicht nur diesen Sieg verscherzte, sondern auch alle anderen immerhin noch erreichbar gewesenen Plätze, ja, genaugenommen, seine ganze Existenz. Und wie einst beim Start, stieg er am Ende in moroser Verfassung seines Gemüts langsam hinunter in die Arena, vorbei an den leer gewordenen Bankreihen, indes die Dämmerung hereinbrach. Unwiderruflich geschlagen, für alle Zeiten, nur diesmal wirklich vereinsamt, ohne jenen Kreis von Freunden und Gönnern, deren er sich damals wenigstens noch erfreuen durfte.

Wir sind am Ende.

Was bleibt, ist die Frage nach den Ursachen solch denkwürdig kläglichen Versagens. Sie hat übrigens niemanden lange beschäftigt, weder die führenden Blätter noch die Fachleute, vom Publikum ganz zu schweigen. Vermutlich ist der Verfasser dieses Berichtes der einzige Mensch, der heute noch trachtet, dieser Frage auf den Grund zu kommen. Eine schwierige Aufgabe; und eine undankbare obendrein. Ihre Beantwortung, zwei umfangreiche Bände in Quart, war denn auch kaum anzubringen, wurde ein finanzieller Mißerfolg und mußte, schon anderthalb Jahre nach dem Erscheinen, eingestampft werden. Wohl mit einiger Berechtigung. Denn ein Instinkt läßt die Leute eine Kost verschmähen, die ihrer Gesundheit abträglich ist. Gerade hierin versteht niemand auch nur den geringsten Spaß. Niemand will von Gründen etwas hören, wie ja auch das Leben über jeden Versuch, Ursachen zu erklären, ohne Rücksicht hinwegschreitet. Da gilt nicht der Erfinder, sondern der Mann, der den Wert einer Erfindung als erster erkennt; gilt nicht der Ritterliche, sondern wer zum Ritter geschlagen wird. Da zählt nur noch der Ort, auf dem der historische Schwerpunkt liegt. Eine Erkenntnis, die melancholisch stimmt, namentlich, wenn man ihrer erst spät inne wird. Zu spät, neu zu beginnen, zu spät, auszuwandern in sonnigere Regionen.

Warum mußte sich Eugen, so dicht vor dem Ziel, noch unter die Leute mischen?

Glaubte er im Ernst, er könnte Läufer sein — und Zuschauer zugleich? Wußte er nicht, daß man sich zu entscheiden hat, und zwar rechtzeitig und endgültig?

Dreimal wurde ihm Gelegenheit gegeben, endlich Ernst zu machen. Doch er, unfähig, aus Schaden klug zu werden, wußte keine zu nutzen. Alles — oder nichts: Das war seine Maxime. Die Taube auf dem Dach blieb ihm sein Leben lang lieber als der Sperling in der Hand.

Eine Kohlhaas-Natur: immer nur das Unerreichbare vor Augen. So war »Dies ist ja alles nur Menschenwerk!« eine seiner ständigen, im Grunde nihilistischen Redensarten. Da es aber eine Vollkommenheit, wie sie ihm vorschwebte, nicht gibt, vermochte er sich nie aufzuraffen zur handfesten, konsequenten Tat. Überraschend weite Vorstöße pflegte er mit Monaten ausgiebiger Rasten auf erträumten Lorbeeren zu paralysieren. Hinzu kam jener ungeheure Ballast an Erinnerungen, Plänen und Vorsätzen, den er allerorten mit sich herumschleppte, ohne zu bedenken, daß Land nur gewinnt, wer Land hinter sich läßt.

Sein Geist — wenn von einem solchen noch die Rede sein kann — spürte zwar die feinsten Unterschiede und wußte doch, wenn's wirklich darauf ankam, nicht mehr zu unterscheiden. Er kannte nur die Perspektive des Vogels oder jene des Frosches; sah sich selbst einmal zu gering, dann aber wieder viel zu groß und bedeutend. So kam es, daß er, der Veranlagung nach der Läufer schlechthin, sich mehr und mehr zum Kritiker von Läufern entwickelte; und zu welch unnachsichtigem obendrein. Seine wegwerfenden Handbewegungen sind zur Genüge bekannt, bekannt auch, daß sie bisweilen so heftig ausfielen, daß er ihnen gleichsam hinterherstürzte.

So sackte er ab, Stufe um Stufe. Bis er endlich zu einem jener mürrischen Männer geworden war, die nie mehr zur Zufriedenheit gelangen können. Ein tatenloser Genießer, unfähig, was auch immer wirklich zu genießen, verstand er die Welt nicht mehr und glaubte dabei, sie hatte ihr Verständnis für ihn verloren.

Allzuoft, allzugern hatte er mit dem Gedanken gespielt, der Zweite zu sein. Also wurde er, in erbarmungsloser Folgerichtigkeit, der Letzte. Wurde nicht nur der Letzte, sondern wurde verworfen in jene finsteren Winkel der Langeweile und schalen Lebensüberdrusses, in welchen Heulen und Zähneknirschen herrscht bis zum Augenblick des Todes.

Seine Spur verlief im Sand der Wüste. Mit Recht verlor man ihn aus den Augen. In den Geschichtswerken ist kein Wort über ihn zu finden.

Zwar soll er später noch einige Male versucht haben, seinem Schicksal zu entkommen — aber wer vermöchte dies, wenn ihm schon der Panther die Pranke ins Genick geschlagen hat? —, soll, so berichten die beiden letzten seiner einst zahllosen Freunde, nach jahrelanger Lethargie, sich jäh aufgerichtet haben, von einem Amt zum anderen geeilt und allerorten den Beamten zur Last gefallen sein. Kein Wunder, daß diese hinter seinem Rücken unmißverständliche Blicke zu tauschen begannen, wenn sie es nicht überhaupt vorzogen, sich verleugnen zu lassen oder unter fadenscheinigen Vorwänden ins Freie zu flüchten. Denn eine Zeitlang soll er täglich vorgesprochen haben.

All dies half nichts. Ein zweiter Lauf fand nicht statt. Man fand sich einfach nicht mehr bereit, ihm zu glauben, auch wenn er beteuerte, diesmal werde er ums nackte Leben rennen. Der eine oder andere hatte wenigstens noch soweit Erbarmen, ihn zu Ende anzuhören. Freilich nur, um ihm dann den Rat zu geben, einen anderen Beruf zu ergreifen. Doch dafür war es zu spät. Denn zum Trainer war er längst zu hochmütig geworden, zum Kritiker nicht mehr wendig genug.

Immer enger um sein selbstverschuldetes Mißgeschick kreisend, brachte er es zuletzt fertig, seine einzigen Freunde zu vergrämen. Diese beiden aufrechten Männer, deren kaum noch verständliche Treue der eines Kapitäns ähnelte, der sein sinkendes Schiff um keinen Preis im Stich lassen will. Er stieß sie von sich und begann, von Launen hin und her geworfen, argwöhnisch und nachtragend bis zur Würdelosigkeit, sich in den nächsten Hausflur zu verdrücken, wenn er sie auf der Straße von weitem kommen sah.

Was ist hier noch hinzuzufügen?

Wenn man den letzten Gerüchten Glauben schenken darf, soll er als alter Mann auf seinem Lager aus Stroh, völlig verarmt, ja taub und erblindet zuletzt, noch immer keuchend durch Landschaften von großer Schönheit gelaufen sein. Freilich nur in Fieberträumen, denn seine Beine waren längst gelähmt.

Vorweggenommen

oder

Von einem, der früher kam, als er erwartet wurde

Am Vorabend jenes Tages, an dem Josef Hellmon die Herrschaft über seinen Wagen verlieren und in die Kriwanja-Schlucht stürzen wollte, war er so lange in seinem Arbeitszimmer auf und ab gegangen, bis ihn die Sohlen schmerzten.

Er war am Ende seiner Kräfte angelangt. Und wenn seine Unentschlossenheit — dieses offenbar angeborene und unheilbare Übel — ihn schon sein ganzes Leben lang begleitet hatte, nun hatte sie ihren Höhepunkt erreicht.

Was immer er auch tat war falsch; zumindest zur Hälfte.

Er war sich klar darüber, daß er sich selbst in diese Lage ohne Ausweg gebracht hatte und daß er ihr am Beginn noch leicht hätte entrinnen können. Denn damals schien alles noch durchaus in seiner Macht zu liegen. Er wußte dies heute, wie er es damals geahnt hatte. Nein, er hatte es damals schon gewußt. Und hatte dennoch jede Gelegenheit, rechtzeitig abzuspringen, versäumt, hatte an jeder Weggabelung seinem Instinkt mißtraut und den falschen Weg eingeschlagen. Dieser Weg aber war zusehends enger, unausweichlicher geworden — und nun führte er ihn, Schritt für Schritt, ins Moor.

Das Moor.

Sein Duft.

Die betäubende Süße des Versinkens.

Das Gift aller Verzagtheit. Welch schwarze Schwermut in den leeren, lautlosen Weiten der Skepsis und der Tatenlosigkeit. Sich nicht mehr zur Wehr setzen.

Nicht mehr handeln. Nur noch abwarten. Regungslos Entscheidungen von außen herankommen lassen. Ein Fatalist, gläubig an ein Geschick, dem man zuinnerst mißtraut.

Er wußte nicht mehr, was tun. Ob er nun seine Arme anhob, ob er sie sinken ließ oder sie nicht mehr beachtete und vergaß — es war alles von der gleichen Bedeutung geworden, wie auch alle anderen Entscheidungen über Leib und Seele, über Leben und Tod. Wo gab es noch Unterschiede? Wo lag die Wahrheit? Wo die Lüge?

Unablässig auf und ab gehend kam er zu keinem Ergebnis. Mit Schrecken stellte er fest, daß ihm der Blick fürs zusammenhängende Ganze zusehends abhanden gekommen war, indes die Details erstaunlich zu wuchern begannen. So konnte er kaum noch die Menschen seiner Umgebung wahrnehmen, sondern nur noch des einen Gang, eines anderen sprechende Lippen oder glimmende Zigaretten, gehalten von absurden Mittel- und Zeigefingern.

Eine zittrige Ratlosigkeit hatte ihn befallen. Er kannte solche Zustände. Nur ging es diesmal noch um einige Stufen tiefer hinab als sonst. War dies das Ende? Immer wieder schlug er sich mit dieser Frage herum — und wußte keine Antwort.

Er hatte vor Jahren zwei Lebensversicherungen abgeschlossen. Und er kannte den Wortlaut der Polizzen. Denn er hatte sie oft studiert; namentlich den Abschnitt über den Selbstmord. Er mußte den Akt gar nicht zur Hand nehmen. Denn er wußte die entscheidenden Passagen auswendig, fasziniert von deren sachlich präzisen Formulierungen.

Nein, in diese Richtung gab es keinen Ausweg. Wollte er seiner Familie zukommen lassen, was ihr nach seinem Tode zustand, so galt es, einen Unfall vorzutäuschen . . .

Sein Entschluß stand fest: Morgen, knapp vor halb sechs, wenn seine Frau und seine Kinder noch schliefen, würde er das Haus verlassen, gleichsam auf Zehenspitzen, und kaum eine Stunde danach würde er auf dem Grunde der Kriwanja-Schlucht in den Trümmern seines Wagens verbrennen.

Indes, es kam anders. Denn das Schicksal nahm ihm die Ausführung seines Vorhabens ab. Nicht auf eine gnädige, sondern auf eine unerhörte und so grausame Weise, daß er sie selbst seinem schlimmsten Feind nicht gewünscht hätte.

Er war, nachdem er sich endgültig entschieden hatte, noch zu einem Spaziergang aufgebrochen. Es war Viertel vor zehn. Als er aus dem Haustor trat, wurde ihm mit einemmal bewußt, daß er, wie schon so oft, wieder einmal Abschied nahm von seiner geliebten Stadt; diesmal freilich für immer. In einer bedenklich gelösten, fast heiteren Stimmung schritt er durch die abendlich leeren, hallenden Gassen; blieb da und dort stehen, betrachtete eine Fassade, den und jenen Giebel oder eines der schönen, alten Tore. Aber als er in tiefer Ferne die Konturen jener Hügelkette entdeckte, durch deren dichte Wälder er einst mit seinen Eltern viele Wanderungen unternommen hatte, da zog das Heimweh nach seiner Kindheit und Jugend eine schwere Spur durch sein zerrüttetes Gemüt.

Er wandte sich ab. Eine Weile stand er noch auf der Brücke und starrte auf die schwarzen, glitzernden Wasser des Stromes hinunter, ehe er sich auf den Heimweg machte.

Unterwegs aber, schon dicht vor seinem Haus, beschloß er — einer plötzlichen und verhängnisvollen Eingebung folgend —, in einer Gastwirtschaft einzukehren. Hier saß er nun allein in einer Nische und beobachtete die Gäste an den runden, schweren Tischen aus einer ihm neuen, unwirklichen Distanz: einige Männer, offensichtlich Stammgäste, beim Kartenspiel. Einen stillen Säufer mit verglastem Blick. Ein junges Paar, verträumt, selig verliebt. Den Wirt hinter seiner Zeitung. Die Kellnerin; ihre roten, prallen Arme, ihre riesigen Hände . . .

Nichts, weder Liebe noch Arbeit, weder Spiel noch Rauch und Rausch vermochte ihn zu berühren. Dennoch bestellte auch er und rauchte und trank einiges. Und da er dergleichen nicht gewohnt war, spürte er, als er endlich aufbrach, daß er zuviel getrunken hatte.

Eine weiche Mattigkeit schwappte durch sein Gehirn, als er sich auf den Heimweg machte. Nicht nur mein Geist, auch mein Körper hat nun zu schwanken begonnen, stellte er belustigt fest. Aber es waren ja nur noch ein paar Schritte. Und es ging. Es ging voran. Ja, es drängte ihn, ein paar Sprünge und tolle Tanzschritte zu tun. Eine neue, eine übermütige Stimmung hatte ihn erfaßt. Und als er in der letzten leeren Gasse über einem Kanalgitter seine Notdurft verrichtete, sah er herausfordernd empor zum Himmel, der kalt war und reich an Gestirnen.

Ob es nicht doch einen Ausweg gäbe? Ein neues Leben? Vielleicht würde es sich lohnen . . .

Da geschah es, daß ihm beim Versuch, eine Zigarette anzuzünden, sein Feuerzeug hinunter und unglückseligerweise durchs Gitter in den Kanalschacht fiel. Und nun — obwohl er sich doch hätte sagen müssen, daß es gleichgültig wäre, es zu verlieren, da er ja ohnehin die kommende Nacht nicht mehr erleben würde —, nun bedrückte ihn doch dieser Verlust. Denn es war ein kostbares Stück; zudem ein Geschenk. Kurzum: Er wollte es wieder haben. Also bückte er sich, hob unter Mühen das schwere, schmutzige Gitter an und schob und schob es zur Seite. Dabei sprach er mit sich selbst, fluchte auch, taumelte und kicherte dazwischen bei der Vorstellung, daß seine Angehörigen mitansehen könnten, wie er hier herumwerkte.

Bis er jäh das Gleichgewicht verlor und vornüber stürzte. Zwar erfaßte seine Linke noch die oberste Kante des Schachts — seine Finger spürten rauh Sandig-Körniges —, aber dieser Griff war zu schwach, und so mußte er ihn lassen und rutschte kopfüber in den engen Schacht. Noch einmal fand er einen Widerstand. Einen winzigen Vorsprung nur, an den er sich inständig klammerte. Aber auch diesen Halt vermochte er nicht zu halten. Er stürzte endgültig hinab. Spürte, als er hart aufschlug, zugleich einen jähen Schmerz in der rechten Schulter und rechts dicht hinterm Ohr. Spürte entsetzt, daß sein Gesicht in eine eklige Jauche eingetaucht war, aus der er sich, die Handflächen gegen den glitschigen Grund gestemmt, unter ungeheuren Mühen hochstemmen konnte. Freilich nur für eine ganz kurze Weile, in welcher er in tiefer Bedrängnis um Hilfe schrie.

Aber er war sich bewußt, daß niemand ihn hören konnte, daß kaum jemand zu so später Stunde hier vorbeikommen würde, ihm zu helfen, und daß er allein außerstande war, sich selbst zu befreien.

Und jetzt erst erkannte er entsetzt, wie ernst seine Lage war.

Da verließen ihn die Kräfte. Wieder nur für Augenblicke, in welchen ihm der Unrat in den Mund und die Nasenlöcher drang, ehe er sich aufs neue aufbäumte und sich erbrach.

Seine Frau fiel ihm ein. Und seine Kinder. Der kommende Morgen. Die Kriwanja-Schlucht, fern von hier...

Wieder sank er hinab in den Schlamm. Ins Moor — dachte er. Eine Einsamkeit überfiel ihn, eine Bitternis, wie er sie noch nie erfahren hatte. Er fühlte, daß alles fehlgeschlagen war. Selbst seinen Selbstmord hatte ihm ein grausames Geschick verwehrt. Und indes er nun mit letzten Kräften um ein Leben kämpfte, das er doch noch eine halbe Stunde zuvor bereit war, freiwillig hinzugeben, packte ihn jählings eine Angst vor dem Tod, die um so furchtbarer war, als er dabei eine leichte, dumpf-wohlige Erregung verspürte.

Er sah seine Frau im gemeinsamen Bett liegen. Er wußte, daß er sie mit einer schmerzlichen Leidenschaft liebte; daß sie ihn aber nie wirklich gebraucht hatte und daß sie ihn rasch vergessen und schon bald dem nächsten Liebhaber offenstehen würde. Und dieser Gedanke beschwerte seinen schweren Todeskampf.

Zuletzt aber, als er sich nicht mehr zur Wehr setzen und sein Haupt nicht mehr aus dem Schlamm erheben konnte, vergaß er Frau und Kinder.

Das Moor. Sein Duft.

Die betäubende Süße des Versinkens.

Er sackte endgültig in sich zusammen. Er trank das Moor. Und er ertrank im Moor... Es ist alles längst entschieden, nicht erst heute, sondern von Anbeginn — empfand er noch dumpf, ehe er das Bewußtsein verlor.

Dann aber kam der Tod, den er gesucht; doch er kam ein paar Stunden früher, als er ihn erwartet hatte.

Vier Parabeln

Aneinander vorbei

Nehmen wir an, ich stünde auf dem Dach eines Hochhauses und blickte, über die Brüstung gebeugt, hinab auf den Strom.

Aus solcher Höhe wirkt er in seiner vollen Breite vermutlich noch majestätischer, als wenn man von den Promenaden an seinen Ufern über ihn hinwegschaut. Auch würde man überrascht feststellen, wie klar und vor allem von welch unterschiedlicher Tiefe seine Wasser sind. Denn zwischen weiten, seichten und hellen Flächen mit schotterigem Untergrund würde man dunkelgrüne Gräben ziehen sehen, die so tief sind, daß man ihren Grund nicht mehr erkennen kann. Auch die verschieden raschen Strömungen, all die Buhnen und den Sog unterhalb der Brückenpfeiler würde man von hier in aller Deutlichkeit überblicken sowie jene Stellen, an welchen sich gerne gefährliche Wirbel bilden.

Am faszinierendsten aber wäre für mich der Anblick der zahllosen Schwimmer tief unter mir. Wie Frösche bewegen sie ihre weißen Extremitäten im grünen Gallert des Wassers. Viele von ihnen beherrschen ihr Fach. Andere haben zu kämpfen. Und unter diesen gibt es wieder einige wenige, von denen man den Eindruck hat, sie kämpften um ihr Leben.

Gerade diese Schwimmer aber verlieren offenbar am leichtesten die Orientierung, so daß man dem einen von ihnen zurufen möchte: »Halte dich mehr links!«, einem anderen: »Zurück! Du gerätst in einen Wirbel!« und wieder einem anderen: »Nicht hier! Hier gehts hinunter in einen Abgrund, dem du nicht gewachsen bist!«

Freilich, es wäre vergebliche Mühe. Denn wenn auch zuweilen einer von ihnen augenblickslang geblendet zu mir emporblickte, ich wäre nicht imstande, ihm zu helfen. — Zudem kann ich mich des Eindrucks nicht erwehren, daß er mich nie zur Kenntnis nimmt.

Aber ich bin weder einer von den Beobachtern noch will es mir je gelingen, in jenes Hochhaus eingelassen zu werden; ganz zu schweigen davon, dessen Dachterrasse zu erreichen.

Vielmehr gehöre ich selbst zu den Schwimmern, und zwar zu jenen, die schwer zu kämpfen haben. Ich weiß sehr wohl: Es gibt Tiefen und Untiefen, aber ich durchschaue sie nicht. Und augenblickslang emporblickend, entdecke ich geblendet auf der Zinne des Hochhauses einen Mann, der sich über die Brüstung beugt und uns beobachtet.

Wenn ich meine Orientierung zu verlieren drohe, möchte ich mich ihm bemerkbar machen, möchte ihm zuwinken, mir doch zu helfen.

Aber kaum hebe ich meine Arme, versinke ich. — Zudem kann ich mich des Eindrucks nicht erwehren, daß er mich nie zur Kenntnis nimmt.

Besuch eines ehemaligen Mitschülers

(Marginalien zum *Oblomow* von *Iwan Gontscharow)*

»Mein Freund!« Er beugte sich tief zu mir herab. »Du hast's dir hier ja recht bequem gemacht!«

»Bequem nennst du das?« erwiderte ich aus meinem Nest von Daunendecken und Kissen. »Weißt du denn, was es bedeutet, Tag und Nacht darniederzuliegen? Stets aufs neue vom Schlaf übermannt? Nach jeder Mahlzeit das Bett voller Brösel? . . . Sieh! Meine Arme! Meine Beine! Sie schlafen mir immer wieder ein. Meine Muskeln sind längst verkümmert. Selbst mein einst so gerühmtes Augenlicht läßt zusehends nach.«

»Kannst du«, fuhr ich fort, indem ich mehr und mehr in Erregung geriet, »kannst du, der du Luftschiffe besteigst, um von einem Brennpunkt der Ereignisse zum nächsten zu eilen, der du mit vier Stunden Schlaf am Tage auskommst, allerorten diskutierst und weitreichende Entscheidungen triffst; kannst du denn überhaupt ermessen, was es heißt . . .« Und mit äußerster Mühe suchte ich mich aufzurichten.

»Bleib!« sagte er beschwichtigend. »Bleib liegen!« Ganz sanft drückte er mich in die Kissen zurück. Und indes ich erschöpft die Augen geschlossen hielt, fühlte ich, daß er noch lange dicht neben meinem Bett stand, ehe er spornklirrend meine winzige Kammer verließ.

Die Tür ist wieder verriegelt. Mein Bullauge mit einem Ring aus Filz sorgfältig abgedichtet. Der Ofen glüht. Bald wird er den letzten Rest Kälte vertrieben haben. Noch faßt mich ein Schaudern an, wenn ich mir den aufreizenden Geruch nach frischer Luft vergegenwärtige, der seiner Lederbekleidung entströmte.

Was haben wir miteinander zu schaffen? Ein Berg von Jahren hat ihn mir, hat mich ihm entfremdet.

Zwar habe ich mir noch eben vorgenommen, diese Begegnung als eines jener aufrüttelnden Erlebnisse anzusehen, die man nie vergessen kann — aber ich spüre schon, wie die Schläfrigkeit von allen Seiten heranrückt und in mich hineinzusickern beginnt.

Tief zurückgesunken wieder, wohlig warm, wühle ich mich in meine Höhle. Mein Nest aus Vogelfedern. Wolliges ringsum. Der vertraute Duft ungelüfteten Bettzeugs; nach und nach raubt er mir die Sinne. Und sollte ich morgen erwachen — mag sein schon gegen Mittag, weit eher aber erst am Abend —, so werde ich vermutlich nicht mehr im Bilde sein, ob ich dies alles wirklich erlebt habe? Oder nicht vielleicht doch nur geträumt?

Eine unerwartete Auferstehung

(Marginalien zu den *Dämonen* von *Heimito von Doderer*)

Die Älteren unter uns werden sich gewiß noch jener Feuersbrunst erinnern, die in den zwanziger Jahren einen Weiler in der Nähe von D . . . zur Gänze eingeäschert hat.

Wie sowohl im Protokoll der Gendarmerie als auch in den Gutachten diverser Versicherungsgesellschaften zu lesen ist, konnte die Ursache dieses Großbrandes nie aufgeklärt werden.

Mittlerweile ist hohes Gras darüber gewachsen.

Nicht nur bildlich. Denn die Gehöfte des Weilers wurden nie wieder erbaut, und die Stelle, an der sie einst gelegen, ist auch dem Kundigen kaum noch kenntlich. Selbst jene Leute, die dabei waren, die damals in weitem Kreis herumstanden, als glühende Balken barsten und ein Funkenregen zum roten Himmel stob, als das brüllende Vieh aus den Stallungen getrieben wurde und eine Frau mit wirrem Haar und Blick auf dem versengten Rasen hockte, eine Frau, die immer wieder gellend aufschrie, bis man sie endlich abführte — selbst jene Gaffer von einst wüßten heute nicht mehr den Schauplatz der Katastrophe mit Bestimmtheit anzugeben.

Um so erstaunlicher ist die Tatsache, daß vor einigen Tagen ein übrigens noch sehr junger Mann in unserer Gegend auftauchte, der fest behauptet, mit der Untersuchung dieses längst verjährten Falles beauftragt zu sein.

Im Knickerbockeranzug aus erlengrauem Tweed, eine Botanisierbüchse an der Seite, promeniert er seither in seltsam aufrechter Haltung durchs Dorf, biegt da und dort in einen Karrenweg, kehrt wieder um; so tief in Gedanken, wie es scheint, daß niemand es wagen würde, ihn zu stören.

Von Zeit zu Zeit bleibt er stehen, setzt seinen Zwikker auf und zieht ein Notizbuch aus einer Tasche seiner karierten Weste, um mit einem äußerst dünnen Bleistiftchen Eintragungen zu machen.

Oft kann man ihn auch auf dem nahen Hügel stehen sehen. Lange regungslos, die Schirmmütze in den Nacken geschoben, ein Scherenfernrohr an den Augen.

Ein Anblick, über den die Bauern, wenn sie sich von ihren Rübenfeldern aufrichten, nur die Köpfe schütteln. Ein Anblick freilich, der manchen unter ihnen erbleichen läßt.

Nicht ohne Grund, wie sich Jahre danach erweisen sollte, als man dieses jungen Mannes umfangreichen, mit verblüffender Sachkenntnis verfaßten Bericht der Öffentlichkeit vorlegte.

Vergeblichkeit

(für Peter)

Atlas — wie sein Bruder Prometheus ein Bursche von zäher Widerspenstigkeit — wurde bekanntlich wegen seiner Teilnahme am Aufstand der Titanen gegen die Götter verurteilt, das ungeheure Gewölbe des Himmels auf seinen Schultern zu tragen.

Ein harter Schuldspruch, wenn man bedenkt, welch tatkräftiger Mann damit abgetan und, gleich einem Gelähmten, zur Regungslosigkeit verdammt wurde. Nicht bedingt. Nicht für einige Monate oder Jahrhunderte. Nein, für alle Zeiten. Zudem mit stetem Blick über die freien Weiten seines Schwiegervaters Okeanos.

Mag sein, daß man es mit diesem Urteil ursprünglich nicht gar so ernst gemeint hatte. Wohl war er ein Krakeeler, stets zu Händeln bereit und ewig betrunken, doch wachsen sich gerade solche Charaktere gerne zu den treuesten Vasallen aus. Man sieht: Er fand Verständnis an höherem Ort. Es war also Protektion zu erwarten. Und so hatte man mit Sicherheit angenommen, daß er von seinem Recht zur Berufung Gebrauch machen und selbst vor einer Beschwerde nicht zurückschrecken, kurzum, daß er um seinen Freispruch kämpfen oder zumindest feilschen werde. Nicht zuletzt aber hätte man ihm sämtliche Tore zur Flucht aufgetan. Und die Erde war damals immerhin noch eine Scheibe, ohne Ende, wohin man sich auch wenden mochte.

Daß er all diese Möglichkeiten verwarf und sich ohne Widerrede fügte, hat nicht nur seine mittlerweile längst verstorbenen göttlichen Richter verwirrt, sondern seither Generationen von Moralisten zu den divergierendsten Gutachten verleitet.

So behaupten die einen, eine solche Hinnahme des Geschicks zeuge von hoher Weisheit. Andere wollen darin nur Stolz, wieder andere bloß ein Zeichen von Resignation und Schwäche sehen.

Die Wirklichkeit freilich ist zumeist einfacher oder, wenn man will, komplizierter als alle Theorie. Und so dürfte auch hier die Wahrheit weder in dem einen noch im anderen Extrem liegen und auch nicht in der Mitte, sondern außerhalb solcher Polarität: In Wahrheit nämlich hat Atlas unseren Himmel nur auf sich genommen, da er, allen ziellosen Revoltierens überdrüssig, zum erstenmal eine Aufgabe zu erkennen meinte. Das Pathos der Bewährung hatte es ihm angetan. *Die* Gelegenheit, Gehorsam zu beweisen, Standhaftigkeit im Ertragen von Strafe und Leid. Eigenschaften also, die gerade ihm niemand zugetraut hätte.

Dabei soll weder geleugnet werden, daß ihn eine innere Stimme warnen wollte, noch daß er sie vorsätzlich überhörte. Denn wie alle Mischlinge war er zwar sensitiver und auch klüger als die Hocharistokratie unter den Göttern, blieb diesen jedoch an Geradheit des Willens unterlegen. Und alle Geschichte unserer Welt beweist doch nur, daß es seit jeher mehr auf den Willen ankommt als auf die Vernunft oder gar den Verstand. Er mochte also untergründig erkannt haben, daß er zur Niederlage geboren war. Und in diesem Belang war er vielleicht wirklich von jener Weisheit, die sich ins Unabänderliche fügt, ganz gleich, ob aus religiösem Fatalismus oder aus der Kenntnis um all jene tief in unseren Genen verankerten, unentrinnbaren Eigenschaften.

Geht man demnach allzuweit in die Irre, wenn man annimmt, er wäre nicht nur ein vorzüglicher Geograph, sondern auch der erste ernstzunehmende Biologe gewesen?

Doch genug der Versuche, seine Entscheidung zu rechtfertigen.

Fest steht: Er nahm den Himmel auf sich. Dieses windig helle Gewölbe, das damals schon erstaunliche Ausmaße hatte, später ins Unermeßliche sich dehnen sollte und heute zwar nicht mehr als unendlich, jedoch als grenzenlos bezeichnet wird.

Er trug es und trägt's noch immer auf seinen weitläufigen Schultern. Zuweilen ist es ihm, als stünde die Zeit still, dann wieder, als jage sie in beängstigender Eile an seiner Tatenlosigkeit vorbei. Und indes zu seinen Füßen Geschlechter von Pflanze, Mensch und Tier einander ablösen, läßt die Verwitterung keinen Augenblick ab, ihm zuzusetzen.

Welch starres Haupt! Dem Schnee, den Wolken bleibt es preisgegeben. Längst haben die Orkane seinen Blick getrübt, Erdbeben seiner Gestalt die furchtbarsten Narben zugefügt.

Freilich, auch hier gibt's jene Stille der Siesta. Brütende Hitze, unterbrochen nur vom Gepolter vereinzelter Felsbrocken. Stunden, träumerisch: Reihte man sie aneinander, man käme auf Jahrhunderte.

So, aus den Tiefen der Vergangenheit, ragt er in die Gegenwart und wird als Wahrzeichen in die Zukunft weisen. Als einer, der nie der Versuchung nachgibt, sich auch nur einen Lidschlag lang zu regen oder gar einen seiner vielen Vögel im Flug zu erhaschen, übersteht er Zeit und Raum in Stolz, Isolation und im Bewußtsein seiner Unentbehrlichkeit.

Wer brächte es da über sich, ihm zu erklären, daß nicht er den Himmel, sondern dieser sich selbst trägt? Ja, daß es im Grunde gar keinen Himmel mehr gibt, sondern nur zahllose leere Räume, einen ohne Grenze über den anderen getürmt.

Unsere Wohnung

Seit Jahren bewohnen wir einen einzigen fensterlosen Raum. Er ist etwa zwei Meter im Quadrat und nicht ganz einen Meter fünfzig hoch. Ich kann nicht aufrecht darin stehen, ganz zu schweigen von meiner Frau, die mich um Haupteslänge überragt. Und doch: Wie glücklich waren wir, als uns endlich, nach fast sechsjähriger Wartezeit, diese Wohnung zugewiesen wurde. Mit welcher Zuversicht entwarfen wir abends, wenn die Kinder schliefen, Pläne für alle möglichen Verbesserungen.

Ich will nicht bestreiten, daß wir anfangs noch oft mit dem Kopf gegen die Decke stießen. Dann rieselte der Kalk in unser Haar und in die geblümten Suppenteller. Auch gebe ich zu, daß die Luft manchmal schlecht ist, da wir beide starke Raucher sind und unsere Petroleumlampe rußt. Aber es ist unser eigenes Heim und: »Eigener Herd ist Goldes wert«.

Die Tür in unseren Raum ist kaum höher als fünfzig Zentimeter und verhältnismäßig schmal. Heute noch muß ich lächeln, wenn ich mich erinnere, wie sich bei unserem Einzug keiner als erster hineinwagen wollte. Schließlich sagte ich mir: »Sei doch ein Mann!«, ließ mich auf Hände und Knie nieder und schob entschlossen den Kopf durch die Öffnung.

Es war stockfinster.

Dieser Raum kann ungeheuer groß, kann aber auch klein sein wie eine Hundehütte — überlegte ich. Denn daß es ein Raum sein mußte und daß ich nicht in die Nacht starrte, war mir klar. Es war ja Vormittag, und wir waren doch noch eben aus der sonnigen Straße hier heraufgestiegen. Während ich dies überlegte, tastete ich den Boden ab. Aha, ungehobelte Bretter — stellte ich fest, wobei ich mir einen Schiefer tief unter den Nagel des linken Mittelfingers zog.

»Worauf wartest du denn?« hörte ich hinter mir die ungeduldige Stimme meiner Frau. Sie gab mir einen Klaps auf den Hintern. Die Kinder lachten und schlugen, offensichtlich durch das Beispiel meiner Frau angeregt, so fest sie konnten auf mich ein. Und als nun zu allem Überdruß auch noch Tasso laut zu bellen begann, wurde mir ganz beklommen zumute.

»So geh doch endlich weiter!« rief meine Frau.

»Ich kann nichts sehen!« erwiderte ich.

»Das gibt's doch nicht. Es muß doch irgendwo ein Lichtschalter sein«, hörte ich sie wieder. »Such doch einmal die Wände ab ...«

Da faßte ich Mut und begann, behutsam meinen Oberkörper in den Raum zu schieben. Da ich, für einen Mann, sehr schmale Schultern habe, gelang mir dies ohne Schwierigkeiten. Doch schon im nächsten Augenblick blieb ich mit meinen außergewöhnlich breiten Hüften hängen. So geht das nicht — sagte ich mir und drehte mich auf die Seite, um zu versuchen, mich hineinzuwinden.

Ich nehme an, daß die zuckenden Bewegungen, die ich dabei mit dem Gesäß ausführte, in Tasso irgendeinen Instinkt geweckt hatten, denn er biß mich plötzlich so fest in die linke Kniekehle, daß ich laut aufschrie. Nahe daran, ihn energisch zurechtzuweisen, nahm ich mich jedoch zusammen, da hier mit Güte gewiß mehr auszurichten war.

»Tasso!« rief ich in die Dunkelheit vor mir. »Kennst du mich denn nicht?« — Und ich hatte Erfolg. Er knurrte leise, ahnungsvoll, und ich spürte, wie er meine Schenkel beschnupperte.

»Ja!« ermunterte ich ihn. »Ich bin's doch! Dein Herr!«

Da — biß er zum zweitenmal zu.

Daß ich nun meine Beherrschung verlor, wird man verzeihlich finden. Und ich begann, da ich weder vor noch zurück konnte, mit den Beinen um mich zu schlagen, spürte aber nur, daß ich meine Frau und die Kinder traf, während es Tasso immer wieder gelang, mich zu fassen.

»So häng ihm doch endlich den Maulkorb um!« schrie ich und zwängte mich in meiner Todesangst mit einem schmerzhaften, harten Ruck ganz in den Raum und — verlor das Bewußtsein.

Als ich erwachte, saß meine Frau vor mir auf dem

Boden. Die Arme um die Schienbeine geschlungen, das Kinn auf die Knie gestützt, sah sie mich mit einem langen, ernsten, jedoch durchaus nicht unfreundlichen Blick an. An der Decke hing eine trübe Glühbirne. Dicht hinter mir hörte ich die Kinder streiten, doch ich war zu erschöpft, mich nach ihnen umzudrehen. Tasso war Gott sei Dank draußen geblieben.

»Aaach Gott, ach Gott!« brachte ich endlich heiser hervor. »Mir ist, als hätte man mir den Hüftknochen abgehackt!« Erst jetzt bemerkte ich, was ich angestellt hatte. Der Türstock war zur Hälfte weggerissen. Sein splitterndes Holz hatte meinen schönen Cutaway, ein Erbstück meines Oheims, an der rechten Seite buchstäblich zerfetzt. Und als ich nun auch noch feststellte, wie furchtbar Tasso meine schottischen Wollstrümpfe und meine Knickerbockers zugerichtet hatte, traten mir die Tränen in die Augen.

»Laß das!« sagte meine Frau mit jener gütigen Stimme, die ich seit unserer Hochzeit nie mehr von ihr gehört hatte. »Was nützt es uns, jetzt zu jammern!«

»Ja, du hast recht!« erwiderte ich. »Wir wollen lieber daran denken, daß wir endlich eine Wohnung haben. Für uns ganz allein. Ich kann es immer noch nicht fassen!« Und voll Unternehmungslust stand ich auf.

In diesem Augenblick gab's einen lauten Knall. Ich spürte einen heftigen elektrischen Schlag und einen so unsagbar harten Stoß gegen die Schädeldecke, daß ich sofort wieder in die Knie brach.

Es war stockfinster.

»Was hast du denn jetzt wieder angerichtet?« kreischte meine Frau auf. Die Kinder fingen an zu weinen. Tasso schlüpfte herein und raste wie besessen zwischen uns herum.

»Ich . . . ich habe, glaube ich, mit meinem Kopf die Glühbirne gegen die Zimmerdecke . . .«, begann ich zu stammeln.

»Ach, schweig doch!« herrschte sie mich an und überfiel mich mit einer solchen Flut von Schimpfworten, daß ich mich, in meiner Ehre verletzt, wortlos umdrehte und hinauskroch.

Zum Glück stieß ich im Stiegenhaus auf unsere Nachbarn. Sie nahmen sich meiner bereitwillig an und zogen mir, während ich mit fest zusammengepreßten Lippen auf einer Stufe saß, die Splitter der Glühbirne aus dem Kopf. Wenn ich daran denke, was ich damals ausstand! Einige Male wurde mir schwarz vor den Augen. Doch was waren die körperlichen Schmerzen verglichen mit der Qual der Vorwürfe, die ich mir machen mußte, als ich hörte, wie das Gejaule Tassos, das gellende Geschrei meiner Frau und meiner armen Kinder, die alle in der Wohnung zurückgeblieben waren, immer stärker anschwoll.

»Du, das Oberhaupt der Familie, du sitzt hier!« sagte ich mir voll Grimm. »Läßt deine Angehörigen allein und denkst nur an dein persönliches Wohl!« Und die Tränen liefen mir die Wangen hinunter in meinen Backenbart.

Wie lange das nun schon zurückliegt!

Es mag den Anschein haben, als wäre ich leicht geneigt zu klagen, als wäre ich ein Mensch, der — unduldsam und herrschsüchtig — stets nur die Schattenseiten der Dinge betrachtet. Ich habe mich nicht beklagt. Im Gegenteil, ich möchte sogar behaupten, daß diese wenigen und harmlosen Hindernisse unsere Freude über unsere Wohnung nur gewürzt hatten. Und seien wir ehrlich: Welcher Einzug geht ohne Hindernisse vor sich? Und wie unbedeutend erscheinen sie mir, wenn ich mich erinnere, mit welchem Eifer, mit welcher Lust wir ans Werk gingen.

Wir sägten, wir hämmerten und schraubten, wir vergipsten, malten aus und wuschen immer wieder auf und — waren am Abend oft sehr müde, aber immer froh wie seit Jahren nicht mehr.

Meinen ursprünglichen Plan, die Wohnung durch eine Gipswand zu teilen, ließen wir fallen, da meine Frau kleine Räume nicht liebt. So stellten wir unser Bett an die Wand links vom Eingang. »Es ist zwar ein kurzes, jedoch äußerst hartes Bett, das nur den Nachteil hat, daß es schmal ist«, pflegen unsere Nachbarn scherzhaft zu sagen.

Ich überhöre solche Bemerkungen, da ich als ernsthafter Mensch keinerlei Art von Humor zugänglich bin: Und wenn sie gegangen sind, versuche ich, meine Frau zu trösten: »Hochstapler sind das, reg dich nicht auf, schläft jeder in seinem eigenen Bett, als ob er ein Minister wäre.«

»Ach, halt doch deinen Mund!« fährt sie mich unter Tränen an. »Wenn ich dich nur ansehe, kommt mir schon die Galle.« Und so unbegreiflich es ist, war sie stets nach so einem Vorfall ausgesprochen streitsüchtig und pflegte mich bis tief in die Nacht, ja manchmal noch im Schlaf zu beschimpfen.

»Mich greifst du an? Und nicht die Nachbarn, die dich gekränkt haben?« dachte ich dann voll Schwermut und grübelte lange und vergeblich nach der Ursache ihres Zorns.

Daß unser Bett übermäßig breit wäre, habe ich nie behauptet. Doch haben wir, wenn wir die Kinder fest an die Wand pressen, alle miteinander Platz darauf. Zudem bist nicht du, sondern ich der Benachteiligte. Denn du liegst in deiner ganzen Schwere die ganze Nacht auf mir, der ich beträchtlich über die Ränder unseres Bettes hinausrage.

Weißt du überhaupt, daß ich noch keine Nacht durchgeschlafen habe? Daß meine Hüfte noch immer schmerzt? Und daß ich jeden Biß jeder Wanze genau spüre, ohne mich wehren zu können? Weißt du, daß ich bestenfalls gegen Morgen in eine Art Halbschlaf verfalle, knapp bevor du mich weckst, das Frühstück zuzubereiten? Sogar Tasso ist besser dran. Er liegt wenigstens quer über unsere Beine.

Solche, ich muß gestehen, unschöne Gedanken gingen mir, allerdings nicht oft, durch den Kopf, während ich wach unter der heißen Last meiner dicken, schnarchenden Frau lag.

Ich will aber nicht ungerecht sein, verdanke ich doch anderseits gerade diesen Nächten meine Doktorarbeit, die ich in den vielen wachen Stunden im Kopf bis ins Detail entwerfen konnte, um sie am Morgen niederzuschreiben. Deshalb kam ich immer erst am Nachmittag dazu, mit geschlossenen Augen in einem Winkel hockend, den versäumten Schlaf nachzuholen.

So verlief unser Leben in ruhigem Gleichmaß. Sind wir doch ausgesprochene Stubenhocker, und wäre Tasso nicht gewesen, wir wären oft Monate nicht aus dem Haus gekommen.

Übrigens, wenn es nach meinem Willen ginge, hätten wir den Hund längst verkauft. Nicht, daß ich ihn nicht gern gehabt hätte. Er war ein großes, edles Tier, gutmütig, zärtlichkeitsbedürftig. Aber er konnte auch wild werden. Dann bellte er mehrere Stunden ohne Unterbrechung, sprang gegen die Wände und die Decke oder jagte kreuz und quer durch unseren Raum.

Aber wer konnte ihm dies verargen? Er war ja noch jung. Und auch die Tatsache, daß er offenbar unfähig blieb, je zimmerrein zu werden, konnte kein hinreichender Grund sein, ihn wegzugeben. Vielmehr war es mein Mitgefühl mit ihm. Denn er war auf dem Lande aufgewachsen, ja er soll sogar auf einem polnischen Schloß geboren sein; also ein freier Herr, der sich vermutlich nie an die Stadt gewöhnen würde.

Dabei ging es ihm nicht schlecht bei uns. Er aß besser und mehr als wir alle zusammen. Eine Weile hatte es sogar den Anschein, als hätte er sich angepaßt. Er bellte nicht mehr so oft, sondern saß, wenn ich in meinem Winkel hockte und schlief, neben mir und winselte ununterbrochen.

»Woran denkst du?« sagte ich einmal zu ihm und streichelte sein dichtes Fell. Aber er bleckte nur die Zähne, und ich wußte, daß er von seinem Schloß geträumt und ich ihn dabei gestört hatte.

Seit etwa anderthalb Jahren haben die Leute begonnen, sich von uns zurückzuziehen. Und wenn sie auch auf Fragen ausweichende Antworten geben, indem sie Zeitmangel oder Krankheiten vorschützen, so ahne ich den tieferen Zusammenhang. Zur Gewißheit wurde meine Ahnung freilich erst, als mir eine Bemerkung meiner ältesten Base hinterbracht wurde: »Jetzt, seit sie eine eigene Wohnung haben, tragen sie die Nase hoch und sehen uns nicht mehr an«, hatte sie angeblich zu Onkel Gottlieb gesagt.

Überflüssig, zu erklären, wie unrecht sie hat und daß wir nie, und wäre unsere Wohnung auch doppelt so groß, gegen irgend jemand stolz oder gar überheblich sein könnten. Ich selbst halte solche Entfremdung für ein bedauerliches Zeichen menschlicher Schwäche und war stets bedrückt, wenn ich darüber nachdachte. Mit der Zeit aber fanden wir uns damit ab. Es ist ja

nicht unsere Schuld, wenn sie alle der Neid frißt —
sagten wir uns —, wir haben nichts dazu getan.

So leben wir in den Tag und in die Nacht, und wäre
unsere Tür nicht, wir wüßten in seliger Selbstverges-
senheit nicht mehr, wann der Tag zu Ende geht und
die Nacht beginnt.

Nur einer meiner Kollegen besucht uns regelmäßig
jeden dritten Donnerstag. Er war einst im Amt mein
Vorgesetzter gewesen und hatte, Jahre danach, mit
mir zugleich sein Studium begonnen. Seither hat sich
zwischen uns eine Beziehung entwickelt, wie man sie
nur unter gereiften Männern findet: Eine affektlose
Freundschaft, in der jeder den anderen schätzt, ohne
ihm nahezutreten. Er ist ein alter Junggeselle, der
meine Frau, wie er behauptet, sehr verehrt und nie
vergißt, ihr und den Kindern eine Kleinigkeit mitzu-
bringen.

»Mein Gott! Schön habt ihr's hier!« sagt er jedesmal beim Eintritt voll ehrlicher Bewunderung. Der
Tee kocht schon und sein Duft erfüllt den Raum.

»Wir leben halt ein wenig beschränkt«, erwidert
meine Frau.

»Ja, ja, klein — aber mein!« wehrt er ihre kokette
Bescheidenheit ab, zwinkert mir fröhlich zu und tät-
schelt ihre Wange.

Wir sitzen auf dem Boden, jeder an eine andere
Wand gelehnt, trinken Tee, rauchen, plaudern. Er
stopft seine Shagpfeife, streckt behaglich die Beine
und stemmt sie gegen unser Bett, in dem die Kinder
und Tasso zufrieden schlafen.

Es ist immer ein Fest für uns, wenn er da ist, und es
tut uns jedesmal leid, wenn er sich am Ende vorsichtig
erhebt. Dann stehen wir noch gebückt beisammen,
machen Komplimente und klopfen einander, da unsere Schultern gegen die Zimmerdecke gepreßt sind,
wohlwollend auf die Gesäße.

»Am liebsten ginge ich gar nicht fort!« versichert er
mir beim Abschied immer wieder. »Wie glücklich
müßt ihr sein!« Und gewöhnlich wendet er sich, schon
auf allen vieren vor dem Ausgang noch einmal um
und sagt: »Mein Gott! Wenn ich nur einmal so weit
wäre!«

Ja, er hat recht! Wir führen eine glückliche Ehe. Das spüren wir besonders, wenn wir allein im warmen Schein unserer Petroleumlampe zurückbleiben. Dann küßt mich meine Frau, während ich auf dem Boden knie und die Teetassen spüle, auf die Stirn und die Wangen und streichelt zärtlich die Narben auf meiner Glatze.

Und wir wären immer glücklicher geworden, von Tag zu Tag, von Jahr zu Jahr ... Wenn uns nur das Wohnungsamt nicht heute am Vormittag diesen Untermieter eingewiesen hätte.

Und morgen,
morgen schon werde ich
wiederkehren

Wer, gleich mir, weitab jeglicher Ansiedlung, in seiner Hütte wohnt — Tag für Tag im Türkensitz vor spanischen Wänden, die ich mit den Silhouetten feinster Gräser und Blüten bemalte —, der wird verstehen, warum ich am Abend nicht ins Freie wandere, sondern es vorziehe, unter die Leute zu gehen.

Da der Weg in die nächste Ortschaft aber Meilen weit ist und ich ihn, aller Erfahrung zum Trotz, jedesmal unterschätze, finde ich bei meiner Ankunft die Lichter in den Häusern stets erloschen.

»Zu spät!« sage ich mir dann, tief bedrückt, da ich es wieder nicht fertiggebracht habe, mich rechtzeitig loszureißen.

Nun ist es mir zwar im Lauf der Jahre gelungen, mich mit solchem Zustand abzufinden, verleiht es doch immerhin das Gefühl einer gewissen Überlegenheit, Wache zu halten, langsam hallenden Schrittes, indes alle Mitmenschen ringsum in Schlaf verharren. Woran ich mich aber nie zu gewöhnen vermag, ist das Gebell ihrer Hunde.

Von weitem schon, noch ehe ich den letzten Kamm erstiegen habe. hinter dem der Karrenweg gegen das Dorf hinabfällt, höre ich ihre ersten Stimmen einsetzen, die sich rasch nach allen Richtungen fortpflanzen. Es ist, als riefen sie einander erbittert zu: »Seht! Da kommt er wieder! Dieser Nachtdieb! Laßt ihn diesmal nicht entwischen! Faßt an! Reißt ihm die Hosenbeine in Fetzen!«

Sogleich wird mir schwer zumute.

Werde ich denn nie imstande sein, mit einem so unbegründeten Mißtrauen aufzuräumen? Nie sie versöhnen? Nie ihr Vertrauen gewinnen können?

Ist es dunkel, bleibt mir wenigstens der Anblick

ihrer aufgebrachten Gesichter erspart. In Mondnächten hingegen, wenn der Dorfteich vor mir liegt, ein riesiger, himmelwärts gerichteter Spiegel, umrahmt vom Geviert weißer Giebel und Fassaden — in solchen Nächten kann ich nicht umhin, jeden einzelnen von ihnen genau zu studieren.

Schon der Hund im offenen Hof des ersten, noch etwas außerhalb des Dorfes liegenden Gehöfts ist einer ausführlicheren Beschreibung wert. In langen Sätzen hetzt er heran, wolfsgleich, die Lefzen so starr vor scharfen Zähnen, daß ich jedesmal entsetzt zurückweiche. Allein kaum drei Schritte vor mir wird er, mitten im Ansatz zum Sprung, von der erstaunlich langen Kette emporgerissen, überschlägt sich, ist sogleich wieder auf den Beinen und reißt und zerrt unter wütendem Gebell an seiner Fessel, als wäre er entschlossen, sich selbst zu erwürgen.

Angsterfüllt und voller Zweifel, ob die Kette seiner Wut standzuhalten vermag, trete ich endlich näher. Einen Schritt nur. Dann noch einen halben. Dabei versuche ich, ihm im Guten zuzureden. Ja, eine Weile bin ich nahe daran, die Hand nach seinem gesträubten Fell auszustrecken — lasse es aber dennoch bleiben und wende mich ab; freilich nur, um an den nächsten Hund gleichsam weitergegeben zu werden.

Dieser nimmt mich, kaum hundert Schritte danach, an der Ecke eines winzigen, gepflegten Gartens aufs lebhafteste in Empfang. Ein Köter, nicht eben hoch an Wuchs, auf dürren Säbelbeinen, von glattem, rehbraunem Fell. Sein Kopf kaum größer als eine zornig geballte Bauernfaust mit aufgestülpten Nasenlöchern. Er scheint völlig außer sich zu sein. Jagt dicht neben mir den Lattenzaun entlang, schnellt wie ein Ball immer wieder in die Höhe, wobei er scharfe, heisere Töne ausstößt, dazwischen kurz stehenbleibt, mich aus weit hervorquellenden Augenknöpfen anstarrt; haßerfüllt und voll Erwartung, was ich zu tun gedenke.

Ich aber komme nie dazu, näher auf ihn einzugehen. Denn schon galoppiert im nächsten Garten, einem herrschaftlichen Park mit Gesträuch, Kastanien und weiten Rasenflächen, dahinter tief im Schatten der

Gutshof liegt — galoppiert Schulter an Schulter ein Doggenpaar heran. Breitbrüstig wie Fohlen, unter kehligem Gebell bereit, mir an die Kehle zu springen, hielte nicht die Mauer sie davon ab. Mannshoch auf ihre Hinterbeine aufgerichtet, haben sie ihre Pranken aufs bemooste Sims gestützt. »Du Hund!« schreien sie mich aus weit aufgerissenen Rachen an, »du elender Mistköter! Mach bloß, daß du verschwindest, sonst...«

Aber ich beeile mich ja schon, ihnen aus den Augen zu kommen. Nicht zu hastig freilich, um sie nicht aufs äußerste zu erbittern. Meinen Kopf ängstlich eingezogen, ohne einen weiteren Blick zu wagen, setze ich Schritt vor Schritt, um nur heil aus dem Bereich ihrer Anziehungskraft zu gelangen.

Nun — nun könnte ich endlich aufatmen. Denn der folgende Hund — ein Hündchen eigentlich — sieht aus wie ein Lamm. Doch der Schein trügt. Denn gerade dieses Lämmchen entpuppt sich, bei Mondlicht besehen, als ein ganz fatales und bedenkliches Lebewesen, dem ich im Bereich herkömmlicher Zoologie nichts an die Seite zu setzen weiß.

An kurzem Strick erwartet er mich vor einem ausgedienten Eisenbahnwaggon, den seine Bewohner auf vier Betonpfeiler aufgehoben, mit einer Treppe versehen und mit Kisten voll Begonien unter den Fenstern geschmückt haben. Empfängt mich hier, die Zähne zu einer Art Lächeln gebleckt, seine Nasenlöcher gerümpft, als müßte er jeden Augenblick niesen. Er knurrt nur, kaum hörbar. Doch dieses Knurren ist unheimlicher als selbst das lauteste Gebell. Dabei sieht er mich, den Kopf auf die eine Schulter gelegt, aus halbgeschlossenen Augen von unten her so wissend an, daß es mir kalt über den Rücken läuft. Ich kann nicht umhin, ihm einen hohen Grad von Intelligenz zuzusprechen. Dafür zeugt schon allein der Umstand, daß er an seinem Strick, den er vermutlich ohne Schwierigkeiten durchbeißen könnte, nie zerrt und mich daher stets im Ungewissen läßt, ob er wirklich ordentlich gefesselt ist; oder nicht vielleicht doch frei?

Verglichen mit ihm ist der nächste Hund ein ganz

eindeutiger Geselle. Gedrungen, überfressenen Rumpfs. Das Fell schmutzig-grau, am Rücken und Nacken stellenweise bis zur Unappetitlichkeit glänzend abgeschabt. Seine Rute: ein zerzauster Besen. Auch er ein Kettenhund. Nur läuft seine Fessel an einer Lederschlaufe ein dünnes, zwischen Stall und Silo gespanntes Drahtseil entlang und weist ihm so den Weg, den er hin und her hetzen darf, wobei er am einen Ende immer wieder vor Eifer in den eigenen Futternapf tritt. Ein ganz rabiater Kläffer. Und derart unzugänglich, daß ich bis heute nicht zu sagen wüßte, ob es ihn mehr erbittert, wenn man sich mit ihm abgibt oder ihn nicht zu beachten trachtet. Seit Jahren versuche ich abwechselnd das eine wie das andere; beides mit gleich negativem Ergebnis.

So werde ich von einem Hund dem nächsten weitergereicht. Und doch bleibt dieses Spießrutenlaufen stets ein Vorspiel, ein Auftakt nur zum geballten Gebell, das mich auf dem Dorfplatz empfängt.

Denn hier erst ist wahrhaftig die Hölle los.

Von allen Seiten fährt man mich wütend an. Ein Knurren, ein Jaulen und Gebrüll. Dazwischen hämmernd schrille Töne und ein tiefes, geradezu blutrünstiges Jauchzen, das immer dann einsetzt, wenn der ganze Chor seinen Gipfel erreicht.

Ein Kerl wie ein Kalb schnauzt mich an. Ein anderer über mir bellt durch ein offenes, zum Glück vergittertes Fenster auf mich herab. Wieder ein anderer rüttelt mit seinen Vorderpfoten an den schmiedeeisernen Lanzen seines Zauns. Daneben hopsen vier winzige, Ferkeln ähnliche Köter aufgeregt in ihrem Zwinger durcheinander. Ein Metzgerhund mit schlappen Lefzen, trüben, blutunterlaufenen Blicks. Den massigen Kopf im Nacken, beginnt er zum Mond emporzuheulen, indes plötzlich, dicht hinter mir, aus dem Haus eines Winzers ein wildes Keuchen dringt. Entsetzt fahre ich herum und entdecke im Spalt unter dem grünen Tor eine Schnauze, die wie der Rüssel eines Ebers hin und her fährt, unter bösem Winseln und Fauchen, unterstrichen vom emsigen Scharren am Mauerwerk und Holz.

Hunde, Hunde, wohin ich mich auch wende.

Fette, asthmatische Hunde. Hunde mit gesträubtem, Hunde mit seidigem Fell. O-Beine, Hängebacken, Hängeohren. Gespitzte Ohren. Glotzaugen und die Ohren einer Fledermaus. Dazu die Kiefer, die Hauer, die Eckzähne von Vampiren.

Nein! Das sind keine Hunde mehr. Hyänen sind es. Reißende Wölfe. Dazwischen ein Fuchs, ein Luchs, ein rasend gewordener Dachs. Schakale, Marder. Mörder. Alle ohne Ausnahme von einem Eifer erfüllt, als gälte es, mich bei lebendigem Leibe zu zerfleischen. Und als nun ihr Heulen und Gekläff zu einem ohrenbetäubenden Lärm anschwillt, muß ich mich doch fragen, wie es kommt, daß keiner der Schläfer rings in den Häusern erwacht, um sie zum Schweigen zu bringen.

Wer aber meint, ich würde nun die Flucht ergreifen oder mir wenigstens die Ohren zuhalten, der irrt. Nein! Ich bleibe. Und ich lausche, so hart es mich auch ankommt. Sei es, um mich gegen Ablehnung abzuhärten, sei es, um mich selbst zu quälen; so wie einer es nicht unterlassen kann, mit der Zungenspitze einen wehen Zahn zu betasten und zwischendurch kräftig mit den Kiefern aufeinander zu beißen. Vielleicht aber reizt es mich auch nur, sie zu reizen. Zudem bringt mich ihr massierter Angriff stets weniger aus der Fassung, als es die vorangegangenen Attacken einzelner Hunde vermocht hatten.

Um das Maß voll zu machen, erklimme ich zuletzt den riesigen Misthaufen, um die Unermüdlichkeit ihrer Angriffe besser beobachten zu können. Nicht ohne Anteilnahme angesichts der Vergeblichkeit ihrer Bemühungen, nicht ohne Verachtung, da sie offensichtlich unbelehrbar bleiben. Triumphierend blicke ich um mich. Drohe mit hoch geballter Faust. Eine Weile belle ich sogar mit, so laut ich kann. Und die Tränen kommen mir vor Schmerz und wildem Gelächter.

Wenn ich am Ende solcher Exzesse von meinem trügerischen Podest wieder herabsteige, auf festen Grund, kommt freilich die Ernüchterung.

Ich hätte sie nicht verhöhnen sollen!

Gewiß, *sie* sind es, die immer wieder mich herausfordern, mich herausfordern müssen. Denn offensichtlich bleibt es ihnen verwehrt, mich je zu mögen, so sehr ich mich auch um ihre Gunst bemühe. Und ich kenne sie. Käme irgendein Falott daher, ein Hundeverächter, Sektierer, Taschendieb... Selbst ihrem Mörder würden sie zu Füßen liegen, untertänigst mit ihren Schweifen wedelnd.

Trotzdem! Ich hätte sie nicht verhöhnen dürfen!

Und indes ich meinen Weg fortsetze, indes ich wieder, wie am Anfang, von einem Hund dem nächsten weitergegeben werde, höre ich im Rücken noch lange ihren vielstimmigen Chor vom Dorfplatz her. Schon hat er an Schärfe verloren. Ob dies allein an der wachsenden Distanz liegen mag? Oder gar — wie ich zaghaft zu hoffen wage — am Abklingen ihrer Wut?

Auch meine Wut hat nachgelassen. Freilich nicht allmählich wie die ihre; nein, ganz unvermittelt ist sie in sich zusammengesackt. Denn sie war ja niemals echt, war stets nur gespielt. Selbst der Begriff Wut scheint mir nicht zuzutreffen für das, was ich empfand. Um so schwerer legt sich nun die Beschämung auf mein Gewissen.

Mein Gehör. Mein Schädel. Bis in ihre Fundamente wurden sie erschüttert von all dem unnötigen Lärm, von diesem Streit um nichts. Ausgebrannt, leer, um Jahre gealtert finde ich mich wieder um einige Stufen tiefer hinuntergestoßen in die bekannten Zweifel an der Welt, vor allem aber an mir selbst und meinen Fähigkeiten. Jede Lust am Beobachten ist mir verleidet. Wozu jetzt noch auf Einzelheiten eingehen? Wozu noch einmal all jene Hunde beschreiben, die mich nun aus dem Dorf hinausbegleiten? Begleiten durch eine Nacht, die, nicht ohne mein Verschulden, Nacht für Nacht wiederkehrt.

Nur die letzten zwei unter ihnen muß ich doch noch herausgreifen.

Beide von schwarzem Fell und tückischer Gesinnungsart. Der eine schießt jedesmal, wenn ich vorbeigehe, aus seiner Hütte, vor der er aber vorsichtshalber sitzenbleibt, jederzeit zum Retirieren bereit. Welch aufgeblasener Kerl! Wie stolz er seine Brust vorreckt!

Dabei von einer Feigheit, die zum Lachen reizt. Denn kaum schicke ich meine Rechte zur geringsten, energischen Geste an, ist er auch schon in seiner Hütte verschwunden.

Da ist sein Kollege von ganz anderem Format. Schwarz auch er, auch er nicht übermäßig hoch gewachsen, jedoch ein Draufgänger von Geblüt. Sein gelber Blick, sein Schweif, diese flatternde, himmelwärts gerichtete Sichel erscheinen mir sogar im Traum; so sehr fürchtete ich ihn lange Zeit hindurch. Ja heute geschieht es noch zuweilen, daß ich, in Anwandlungen störrischer Panik, irgendeinen absurden Ausweg über Zäune, Mauern, Hecken ins Freie suche, nur um diesem letzten und furchtbarsten meiner Hunde nicht mehr begegnen zu müssen.

Dabei habe ich gerade durch ihn das Wesen seiner ganzen Gattung zum erstenmal wirklich begreifen gelernt.

Frei von jeglicher Fessel — er trägt weder Marke noch Halsband — streunt er zwischen den letzten Gehöften umher. Kaum aber wittert er mich, nimmt er sogleich die Verfolgung auf, biegt plötzlich um eine Ecke und — so gefaßt ich auf seinen Angriff auch bin, wenn er mich anspringt, packt mich jedesmal ein solches Entsetzen, daß ich instinktiv die Flucht ergreifen möchte.

Dabei hat mich die Erfahrung ja längst gelehrt, daß man in solcher Lage alles tun darf, nur nicht fliehen.

Nein! Gerade jetzt heißt es: zum Angriff übergehen! Den nächstbesten Stein ergreifen! Oder einen Ast! Einen möglichst großen! Und sich unverzüglich auf ihn stürzen! Womöglich unter Gebrüll und wildem Augenrollen! Ich weiß, ich weiß, wie sehr dir solches Getue widerstrebt, wie lächerlich du dir selbst dabei vorkommst. Aber das darf dich nicht beirren! Denn der Erfolg wird dir recht geben!

Der Köter beginnt zu zaudern. Schon zieht er seinen Schweif ein, duckt sich, weicht zurück. Gut so, fürs erste! Freilich darf man sich damit noch nicht begnügen. Denn nun mußt du die Zähne blecken, noch einmal, mit einem Schrei, zum Sprung ansetzen; und — da ergreift er, selbst nun entsetzt, die Flucht. Freilich nur so lange, bis man ihm den Rücken kehrt. Dann ist er sogleich wieder zur Stelle und zum Angriff bereit.

Wie sinnlos, wie bedrückend ist es doch, daß er nie zur Ruhe kommen kann, solange ich in seiner Geruchsweite bin; daß er, immer wieder in die Flucht geschlagen, immer wieder die Verfolgung aufnimmt und mich die letzten lehmigen Kellergassen hinausbegleitet bis ans Ende des Dorfes, wobei er sich zwischendurch an dem Knüppel, den ich schwinge, festbeißt und erst losläßt, wenn ich ihm einen Tritt in die Weichen versetze; einen Tritt, der mich vermutlich tiefer schmerzt als ihn selbst.

Aber so eifrig er mich auch verfolgt, wenn es gegen die letzten, erst im vergangenen Jahr erbauten, zum Teil noch halbfertigen Häuser geht, beginnen seine Angriffe merklich nachzulassen. Am erstaunlichsten jedoch finde ich, daß er an der Tafel, die das Ortsende markiert, unweigerlich anhält. Es ist, als brächte er es nicht über sich, diese für ihn doch imaginäre Grenze zu überschreiten und sein Dorf hinter sich zu lassen; als schreckte er zurück vor neuem Land.

Hier erst fühle ich mich ihm zum erstenmal überlegen.

»Komm!« fordere ich ihn auf. »Komm mit mir! Wenn du es wagst...« Aber er sieht mich nur fragend von unten her an. Und täusche ich mich nicht, so sagt mir sein Blick, daß er nicht ungern mit mir ginge, wenn es ihm nur nicht verwehrt wäre.

»Nun, so heißt es eben Abschied nehmen!«

Und hinaus geht's aus dem Dorf. Einige Male wende ich mich noch um und sehe ihn am Fuß der Tafel stehen und mir nachstarren, ehe er sich endlich heimwärts trollt.

Fort von hier! Der Chor ihrer Stimmen verhallt hinter mir. Wohl gibt es noch ganz bestimmte Punkte im Gelände, an denen ich sie wieder deutlich zu hören vermag. Ja auf einem der kahlen Hügel, unmittelbar vor der Feldscheune, ist es mir, als wären sie aufs neue dicht hinter mir her..., bis ich erleichtert feststelle, daß ich mich durch eine Art akustischer Fata Morgana täuschen ließ.

Doch erst als ich den Hochwald erreiche, verliere ich sie endgültig aus den Ohren. Die uralten, stummen Stämme. Baumkronen hoch über mir. Meine Schritte weich auf moosig-nachgiebigem Grund. Wenn ich von Zeit zu Zeit stehenbleibe, umfängt mich eine reine, klare Stille, von der ich mich kaum loszureißen vermag. Hier erst beginne ich, mich von all den überstandenen Angriffen zu erholen. Und in der Regel kann ich nicht umhin, noch tief in den Forst vorzudringen, ehe ich mich endlich auf den Heimweg mache.

Freilich, ein zweitesmal in einer Nacht mein Dorf zu berühren ginge über meine Kraft; und so umgehe ich es jedesmal in meilenweitem Bogen. Stapfe durch Felder voll Thymian und Wermut. Verirre mich in Schluchten, die ich nie zuvor gesehen. Wate durch knietiefe Furten. Ein andermal überquere ich Kahlschläge ohne Ende, wobei ich jeden der Hochstände erklimme, um mich zu orientieren.

Wenn ich nach solch weitläufigen Umwegen endlich im Morgengrauen heimkehre, setze ich mich gerne in meinen hohen, weißen Rohrsessel. Sitze eine Weile, völlig erschöpft, umringt von meinen spanischen Wänden. Dann nehme ich einen Pinsel zur Hand, drehe seine Haare zu einer nadelfeinen Spitze, setze ihn an und — lege ihn wieder hin.

Meine Hunde! Klingt es nicht widersinnig: Wenn ich nur einen einzigen Tag ihr Gebell nicht höre, packt mich die Sehnsucht nach ihnen. Denn so feindselig sie sich mir gegenüber auch verhalten, sie nehmen mich wenigstens zur Kenntnis. Und ist solcher Zustand nicht ihrem völligen Schweigen bei weitem vorzuziehen? Wie viele Einzelheiten fallen mir wieder ein: diese und jene klaffende Schnauze. Pfoten, die mir grimmig drohten. All ihre Blicke von unten her . . . Ich darf nicht dran denken. Vor allem nicht an jenen tapferen Kerl, der mir bis ans Ende des Dorfes folgte, war er doch immerhin das einzige Lebewesen, das bis zuletzt bei mir ausharrte, allen Mißverständnissen zum Trotz.

Einmal muß es mir doch gelingen, ihre Freundschaft zu erringen; oder wenigstens ihre Achtung. Und wäre es auch erst Jahre nach der Stunde meines

Todes, wenn mich ihre Herren hier finden werden, ausgestreckt zwischen meinen abgeschlossenen und begonnenen Werken.

Oder sollte ich es endlich aufgeben?

Nein! Daraus wird nichts werden. Denn ich kann nicht davon ablassen, meine Hunde zu lieben. Und morgen, morgen schon werde ich wiederkehren!

Ein Gespräch,
das im Sand verlief

Friedrich Kern gewidmet

Als ich, mit neunzehn, von meinem Freund und Lehrer auf dem letzten unserer ausgedehnten Spaziergänge über die Dünen der Kurischen Nehrung gefragt wurde, was ich unter Glück verstehe, wußte ich im Augenblick nichts Rechtes zu erwidern.

»Aber das kann doch nicht so schwer zu definieren sein!« rief er aus, indem er unvermittelt anhielt und mich, beide Arme zu einer theatralischen Gebärde ausgebreitet, fassungslos anstarrte. »Glück, das wahre Glück müßte es doch sein, seinen ureigenen Beruf zu erkennen, und zwar rechtzeitig, und — ihm nachgehen zu dürfen, ohne auf unüberwindliche Hindernisse zu stoßen.«

Ich rechne nach: Fast einunddreißig Jahre sind es her. Und doch: Als wäre es gestern gewesen, sehe ich noch sein Gesicht vor mir. Die hochgezogenen Brauen, und um seine Lippen diesen spöttischen, leicht ungeduldigen Zug, der mich stets verlegen machte.

Wir waren bei jener windgeschützten Mulde angelangt, die uns von unseren Gastgebern schon des öfteren genau beschrieben worden war und die wir doch bis zu dieser Stunde vergeblich gesucht hatten. Hier also — in einer Tiefe von kaum mehr als hundert Fuß — sollte eines jener sagenhaften Fischerdörfer liegen, die vor Jahrhunderten von den unaufhaltsamen Wanderdünen begraben worden waren. Wir wußten längst um diesen Ort. Denn oft genug hatten wir mit hohem Interesse den Plan im Schaukasten auf unserem Dorfplatz studiert. Jetzt aber vermochte ich nicht das geringste zu empfinden. Dabei malten wir uns im Weitergehen wieder einmal aus, welch reges Leben hier einst geherrscht haben mußte, wie viele Generationen von Fischern hier geboren worden waren, sich geregt und sich zum Sterben gestreckt hatten.

Nur ein paar Schritte noch im schweren Sand.

Dann standen wir auf dem höchsten der vielen kahlen Gipfel.

Rechts lag das Haff. Zur Linken, tief unter uns, die See mit ihren hellen, unablässig heranrollenden Wogenkämmen. Dazwischen dehnt sich, so weit der Blick reicht, die Nehrung in leichtem Bogen nach Nordnordost der fernen Stadt Memel entgegen, die wir zwar der Karte nach kannten, doch selbst bei klarem Wetter nicht auszunehmen vermochten.

Es war ein ungewöhnlich heißer Tag; sonnig, blau und sandgelb, bei mäßigem Südwest. Zwei Segel trieben winzig auf der Kimm. Möwen stiegen in den Himmel. Möwen ließen sich jählings in die Tiefe fallen. Ihre scharfen Schreie und der monotone Hall der Brandung weckten in uns die alte, unbändige Lust, hinauszuschwimmen.

Schon wollten wir den Abhang in übermütigen Serpentinen, unterwegs die Kleider von uns werfend, hinabrennen zum Strand, als eine kalte Bö über den Kamm strich und den Sand in weithin gedehnten Fahnen emporwirbelte. Und da wir uns umwandten, sahen wir vom Westen ein Gebirge dunkler, hoch übereinander getürmter Wolken heranrücken.

Nun hatten wir zwar in dieser Gegend schon etliche Gewitter erlebt. Auch schwere mit Hagel. Selbst eines, in dessen ungestümen Verlauf die Blitze zwei Gehöfte unseres Fischerdorfs eingeäschert hatten. Bei all diesen Unwettern waren wir der Bevölkerung beigesprungen; unter dem Heulen der Sturmglocke, naß bis auf die Haut, keuchend und in prickelnder Erregung beim harten Auf und Nieder an den Pumpen. Doch waren wir dabei gleichsam nur Zuschauer geblieben, denn uns persönlich hatte es noch nie betroffen.

Diesmal aber wußten wir: Heute ist es ernst!

Wie war es nur möglich, daß wir uns unterwegs kein einziges Mal umgewendet hatten, wie wir es doch sonst so gerne taten? Gerade heute, da wir uns weit wie nie zuvor von unserem Quartier entfernt hatten — fragten wir uns wohl beide, ohne diese Frage auszusprechen.

Und indes wir uns unverzüglich auf den Heimweg machten, indes der Himmel über uns schwarz wurde, schon die ersten schweren Tropfen fielen und unmittelbar danach ein Platzregen von unerhörter Wucht einsetzte; ein Regen, der alsbald in steinharten Hagel überging, gegen den wir unsere Schädel und Schultern mit übergezogenen Hemden und Armen kaum zu schützen vermochten; indes wir so, in panischer Angst vor den Blitzen, nicht mehr auf dem Kamm der Dünen, sondern auf halbem Hang ums nackte Leben rannten, wurde mir mit einem Schlag bewußt, daß das wahre Glück jetzt nur noch bedeuten konnte, mit diesem Leben davonzukommen.

Mein Atem flog. Mein Herz pochte bis in die Schläfen. Und doch überblickte ich unsere Lage in einer Art rauschhafter Vision, aus einer nie zuvor erlebten Kälte und Distanz und mit jener Schärfe der Sinne, wie sie angeblich nur unmittelbar vor einer Katastrophe empfunden wird. Sah weithin die graue Ostsee toben, sah den Himmel immer wieder grell gespalten, hörte das Krachen des Donners, roch den nassen Sand, die jäh erfrischte Luft, und plötzlich ward mir das Groteske meiner rhythmisch bewegten, von Hagelkörnern blutig zerschlagenen Beine bewußt.

Leben! Leben um jeden Preis! In Zorn, in Wut, in herrlichem Übermut war ich entschlossen zum Kampf gegen den rasenden Himmel über mir.

Aber als ich mich im Laufen einen Augenblick umwandte, als ich meines überraschend weit zurückgebliebenen Freundes nasses, todbleiches Gesicht sah und als nun dröhnend eine blendende Lichtsäule in den Sand fuhr, da packte mich das Entsetzen vor der tödlichen Gewißheit, daß einer von uns beiden sein Ziel nicht lebend erreichen werde.

Einen Tag danach

(für Judith)

Wie schwer auch die Nacht gewesen war —

Er hatte keinen Schlaf gefunden, als er glaubte, es nicht mehr ertragen zu können, aufgestanden und lange auf und ab gegangen. Hatte sich schließlich gesetzt, eine Fachzeitschrift zur Hand genommen, außerstande, sich zu konzentrieren. War dann wieder auf und ab gegangen, war vor der Kredenz stehengeblieben, hatte eine ihrer Türen geöffnet und zerstreut die Flaschen und Gläser angestarrt, ehe er sich entschlossen hatte, wieder zu Bett zu gehen. Eine halbe Zigarette noch. Dann hatte er die Nachttischlampe gelöscht, festen Willens einzuschlafen — und war doch wieder wachgeblieben; in heißer Dunkelheit wehrlos ausgeliefert einem Schmerz, der nicht abließ, an ihm zu nagen. Wann es ihm endlich gelungen war, das Bewußtsein zu verlieren, hätte er nicht zu sagen vermocht. Er wußte nur, daß er vom nahen Kirchturm die vierte Stunde hatte schlagen hören.

Wie schwer diese Nacht auch gewesen war, am anderen Morgen stand er doch rechtzeitig auf, rasierte sich mit gewohnter Sorgfalt, frühstückte und begab sich ins Amt.

Es ist ein Tag wie jeder andere, suchte er sich einzureden, als er in der überfüllten Straßenbahn stand und danach das letzte Stück Weges zu Fuß durch den leeren, duftenden Park ging. Ein Tag wie jeder andere. Und in der Tat trat wie an jedem anderen Morgen, als er in den hohen Flur des Amtsgebäudes bog, der Portier aus seiner gläsernen Koje: »Meine Verehrung!« rief er und legte die Rechte an den Mützenschirm. »Haben der Herr Regierungsrat wohl geruht?«

»Ich danke Ihrer gütigen Nachfrage«, erwiderte dieser und blieb stehen, indes ein Schatten sich auf sein Gemüt legte.

Der Ruck war ihm eingefallen, jener harte Ruck, mit dem die vier Männer die Bahre angehoben und geschultert hatten. Kastanienbäume beiderseits des Weges, der emporführt zum Familiengrab. Sonne. Wind. Ein Windstoß zerrt an den Schleifen der Kränze. In Liebe Dein Vater. Schwarz, mit Silber bestickt, schwankte der Sarg hoch vor ihm im Blau des Himmels . . .

Er riß sich los, atmete tief — »Und Sie, lieber Herr Jerabek?« fügte er freundlich hinzu. »Wie geht's der werten Frau Gemahlin! Den Kindern? Ja, und was macht das liebe, kleine Enkerl? Alles wohlauf, wie ich sehr hoffe?«

Der Portier strahlte: »Ich kann nicht klagen!« Er dämpfte die Stimme: »Überhaupt jetzt, wo ich doch in viereinhalb Monaten in Pension gehe.« Und während er, vertraulich über die Vorzüge des Ruhestandes plaudernd, den Regierungsrat die wenigen Stufen zum Treppenhaus begleitete, wurde diesem abermals schwer ums Herz. Er sah sich auf den Brettern stehen, die die beiden Wälle aus Lehmklumpen verbanden. Tränenlos. In der Hand die verrostete Schaufel. Dumpf poltern Erdbrocken hinunter . . .

Vielleicht — dachte er —, vielleicht ist es doch ein Fehler, niemanden in mein Elend einzuweihen. Gerade zu diesem einfachen Menschen könnte ich sprechen. Zu ihm gewiß weit eher als zu jedem anderen in diesem Haus. Und ein Verlangen ergriff ihn, sich zu stützen auf diesen Arm, der eben dienstfertig die Schwingtüre vor ihm öffnete.

Vor dem Liftschacht warteten bereits zwei jüngere Kollegen. Juristen beide, recht ehrgeizige Herren, wie er schon einige Male Gelegenheit hatte festzustellen, wenn es galt, mit ihnen ein heikleres Problem zu besprechen. Er fühlte sich in Gegenwart solcher Beamter stets ein wenig unbehaglich. Nicht daß sie es etwa an der nötigen Ehrerbietung hätten fehlen lassen. Ganz im Gegenteil. Aber ihre trockene, oft allzu vorschnelle Art, ihre Witze und ihr meckerndes Gelächter, ihr ganzer Lebensstil widerstrebte ihm, obgleich er sich Mühe gab, ihnen gerecht zu werden, und sich zuweilen fragte, ob die Schuld an der stets fühlbaren Spannung nicht vielleicht doch an ihm läge. Am meisten aber verdroß es ihn, daß all diese Leute offenbar nur über dienstliche Angelegenheiten zu reden hatten; wenigstens mit ihm; und so auch jetzt. Denn sogleich nach der Begrüßung und Erkundigung ums werte Befinden fügte der eine der beiden jungen Herren Doktoren hinzu: »Wir haben eben über die Firma Schrebler & Kilb diskutiert.«

»So?« sagte der Herr Regierungsrat. Er sah plötzlich unsäglich abgespannt aus. »Ich frage mich«, fuhr der andere fort, »ob wir in unseren Konzessionen nicht doch zu weit gegangen sind? Immerhin handelt es sich um ein beträchtliches Betriebsvermögen. Auch wenn man die Verluste in den beiden letzten Jahren in Erwägung zieht, muß man doch berücksichtigen . . .«

Der Regierungsrat hörte nur mit halbem Ohr zu. Jener Nachmittag war ihm eingefallen, an dem der Inhaber der genannten Firma bei ihm vorgesprochen hatte. Ein sorgfältig gekleideter Herr, am Ende seiner Kräfte. Die Gläubiger saßen ihm im Genick. Zudem eine anspruchsvolle Frau, ganz zu schweigen von den beiden Söhnen, die bedenkenlos seine Finanzen zerrütteten. Er erinnerte sich des Schweigens, das mitten in der zähen Verhandlung eingetreten war; eine Art Waffenstillstands und stummen Einverständnisses im gemeinsamen Wunsch nach Ruhe und einem einfachen Leben. Was konnten diese beiden, nur auf ihre Karriere bedachten jungen Herren davon ahnen?

»Vergeben Sie mir!« unterbrach er sie, indem er auf seine Uhr blickte. »Es ist zwölf vor acht. Ich bin noch nicht im Dienst.« Fügte aber, da ihm die betretenen Blicke der beiden nicht entgangen waren, mit aufmunterndem Lächeln hinzu: »Ich schlage Ihnen jedoch vor, wir setzen uns im Laufe des Tages noch einmal zusammen. In meinem Zimmer, wenn es recht ist.«

Mittlerweile war der Aufzug heruntergeglitten, bremste nun, senkte sich sacht, stand still. Der Portier hatte die Klinke ergriffen und hielt den drei Herren die Türe auf.

»Ich danke Ihnen, Herr Jerabek!« sagte der Herr Regierungsrat, als sie einstiegen. Für einen Augenblick wurde ihm bewußt, daß er der einzige war, der die keineswegs selbstverständliche Aufmerksamkeit des Portiers zur Kenntnis genommen hatte.

Während sie nun in der schmalen Kabine emporgehoben wurden, fühlte er sich, so dicht vor den beiden anderen stehend, recht beengt — und erst erleichtert, als er sein Stockwerk erreicht hatte und sich, nach einer kurzen Empfehlung, in sein Arbeitszimmer begeben konnte.

Hier fühlte er sich daheim. Es war ein großer Raum mit drei Fenstern, wie er ihm, als Leiter einer Gruppe von Referaten, zustand. Sauber aufgeräumt von der guten Frau Wymetal. Die Aschenbecher geleert. Beide Blumenstöcke gegossen. Ein Stoß Akten auf dem Tischchen seitlich des Schreibtisches griffbereit gestapelt.

Er öffnete eines der Fenster und blickte auf die gegenüberliegende Häuserfront. Da und dort war Bettzeug zum Lüften ausgelegt. Ein Stockwerk tiefer sah er eine Frau mit einem Staubsauger langsam einen Teppich auf und nieder fahren. Auf dem Sims dicht unter ihm trippelte eine Taube hin und her. Plötzlich stieß sie sich ab, schwebte in weit ausholendem Gleitflug und landete endlich auf einem tiefer gelegenen Mauervorsprung.

Er trat in den Raum zurück, stand eine Weile vor dem Aktenschrank und las zerstreut die geprägten Titel auf den Rücken der Gesetzbücher, ehe er sich in den hohen Armsessel setzte.

An ihrem Bett sitzen. Ihre heißen Hände halten und noch zu hoffen. Zu hoffen noch, obgleich man wußte . . .

Er langte nach dem obersten der Akten und legte ihn vor sich auf die Schreibtischplatte. Ihr Gesicht fiel ihm ein. Ihre glühenden Wangen. Ihre Augen. Die schönen, dunklen Wimpern über ihren Augen. Das Staunen in ihrem Blick, ehe diese Augen brachen. Und dann? Dann saß er noch an ihrem Bett, streichelte ihre Hände, streichelte süchtig, ohne abzulassen, jeden einzelnen ihrer Finger; saß lange, wie er auch jetzt saß, in tiefer Stille.

Es klopfte. Er fuhr zusammen, schlug den Aktendeckel auf, räusperte sich energisch: »Herein!«

Es war seine Sekretärin mit dem Morgenkaffee.

Der Tag ging an. Nun galt es wieder Worte machen,

zuvorkommend sein, gelegentlich einen Scherz ein-
flechten; dabei stets korrekt bleiben. Kurzum, ein vor-
bildlicher Chef.

Nachdem er ihr ein Kompliment über ihre Frisur
gemacht und sie das Zimmer wieder verlassen hatte,
zündete er sich eine Zigarette an, worauf ein harter,
ein furchtbarer Anfall von Husten ihn eine Weile
heimsuchte und endlich erschöpft zurückließ. Dann
erst setzte er behutsam die Tasse an seine Lippen.
Heiß! Gut! — dachte er und spürte, wie es ihn köstlich
belebte.

»Mein Gott!« murmelte er. »Lauwarmen Tee hab
ich ihr eingeflößt.« Und in Gedanken setzte er fort:
Wie trocken ihre Lippen waren! Wie ermattet sie jedesmal zurücksank, wenn ich ihren brennenden Durst
gelöscht . . .

Er fuhr sich über die Stirn durchs schüttere Haar.
Ich darf nicht unablässig daran denken! Ich muß mich
ablenken! Arbeiten! Wer weiß, wie viele Jahre ich
noch durchzustehen habe, allein nun, für immer . . .

Er breitete die Bilanz aus und vertiefte sich in ihr
Studium, prüfte die Aufwandkonten, die Sonderaus-
gaben, verglich sie mit jenen im Vorjahr — und unter-
zeichnete. So ging's von einem Akt zum anderen. Zuweilen hielt er inne, rechnete eine Kolonne nach, run-
zelte die Stirn, wenn er der Ansicht war, hier wäre
einer seiner Referenten zu kleinlich, ein anderer wieder zu nachsichtig gewesen. Da und dort legte er einen
seiner bekannten gelben Papierstreifen ein, auf welchen er, in Stichworten, Kritik zu üben oder die eine
oder andere, stets leicht ironisch gefärbte Frage zu
stellen pflegte.

Zwischendurch gab es einige jener Unterbrechun-
gen, die den Tageslauf eines Beamten beleben. Die
Post kam von der Einlaufstelle. Ein Konsulent sprach
vor. Ein Garngroßhändler. Der Inhaber einer Färberei
in Begleitung seines Steuerberaters, eines gefürchteten Fachmannes, der dem Amt durch seine Berufun-
gen viel zu schaffen machte. Auch waren telefonisch
Anfragen zu beantworten sowie Anordnungen zu treffen hinsichtlich der Verlagerung des Archivs vom
Keller, wo es zu feucht war, auf den Dachboden, der

doch wegen Feuersgefahr auch nicht der geeignetste Ort war, abgelegte Akten aufzunehmen.

So geleitete ihn sein Tagwerk heil durch den Vormittag. Und als er zum erstenmal auf seine Uhr blickte, stellte er verwundert fest, daß es schon zwölf vorbei war. Obgleich er keinerlei Appetit verspürte, begab er sich dennoch ins Restaurant schräg gegenüber, in dem der Großteil der Beamten zu speisen pflegte. Lärm empfing ihn hier. Stimmengewirr. Geklapper von Tellern und Besteck. Noch blickte er unschlüssig über die vollbesetzten Tische, als er den Hofrat entdeckte, der ihn mit einer weit ausladenden Geste bat, an seiner Seite Platz zu nehmen.

Es war dies ein energischer Herr, sonnengebräunt und lebhaften Blicks unter buschigen Brauen, von früh ergrautem, doch dichtem Haarwuchs; ein Mann, der es, ungeachtet seiner vornehmen Abkunft, liebte, sich unter Kollegen äußerst vulgär auszudrücken. Unerschöpflich war sein Vorrat an obszönen Anekdoten. Auch jetzt, nachdem man einander einen gesegneten Appetit gewünscht hatte, war er sogleich mit einigen gepfefferten Witzen bei der Hand. Unserem armen Regierungsrat fiel es aber heute besonders schwer, pflichtbewußt am rechten Ort in Gelächter auszubrechen. Denn mitten zwischen Suppe und Kotelett, an dem er ohne rechte Lust herumstocherte, übermannten ihn aufs neue die Erinnerungen in ihrer vollen Schwere. Ja, es kam ein Augenblick, in dem er meinte, die Geschwätzigkeit dieses Mannes, dessen kauendes Gesicht sich immer wieder zu ihm herüberbeugte, kaum noch ertragen zu können.

Mein Sternlein! Mein Bär! Mein witziger Hoppelhase! — murmelte er, ohne die Lippen zu bewegen. Ihr Schulweg fiel ihm ein. Die schönen, dienstfreien Samstage, an denen er sie abgeholt hatte. Im Winter hatte er die Rodel bei sich. Ihre Pelzmütze. Ihr Muff. Ihr Jauchzen, wenn er mit ihr durch den verschneiten Park galoppierte.

Entgegen seiner Gewohnheit, mittags nur ein Fläschchen Mineralwasser zu trinken, bestellte er ein Glas Bier und einen Korn; rief aber den davoneilenden Kellner noch einmal zurück, bat ihn, doch besser eine Karaffe Weins zu bringen, und lud mit einer verlegenen Geste den Herrn Hofrat ein, mit ihm ein Glas zu trinken.

»Nanu?« versetzte dieser und hob verwundert seine buschigen Brauen. »Ein besonderer Anlaß? Eine Weibergeschichte wohl?«

»Ach nein!« wehrte der Regierungsrat ab. »Mir ist kaum danach zumute.« Ein furchtbares Gefühl der Verlassenheit überkam ihn.

»Nur nicht so bescheiden. Ein Mann wie Sie, in den besten Jahren . . .«, hörte er den anderen sagen und wußte: Für einen Augenblick war er dicht daran gewesen, sich auszusprechen. Jetzt aber hatte er sich wieder in der Hand. Er mußte durchhalten. Durchhalten nur so lange noch, bis er wieder allein in seinem Zimmer sitzen konnte.

Als sie ins Freie traten, hängte sich der Herr Hofrat ein.

»Was ist Ihnen?« fragte er nicht ohne Teilnahme.

»Ich glaub, ich bin nicht ganz gesund . . . in letzter Zeit«, erwiderte der Regierungsrat.

Sie blickten empor zur Fassade des Amtsgebäudes, die nun im grellen Sonnenlicht lag. Fast zwanzig Jahre versehe ich hier meinen Dienst — dachte der Regierungsrat.

Ein Fernlaster fuhr vorbei. Staub flog auf. Vom nahen Lyzeum her kamen Mädchen in Gruppen; schwatzend, kichernd. Mädchengesichter. Locken, braun und blond. Bitternis sickerte in seine Brust und füllte sie bis zum Rand.

Betäubt überquerte er an der Seite des Hofrats die Straße. Und als er endlich wieder in seinem Zimmer war, überkam ihn eine solche Schwäche, daß er sich am liebsten auf die Bank gelegt hätte.

Statt dessen ging er eine Weile auf und ab und blieb dann vor dem Spiegel stehen. Ein alter Mann — dachte er. Schwere, dunkle Tränensäcke. Verbrauchte Augen. Er lächelte schwach, wandte sich ab, setzte sich wieder in seinen hohen Sessel.

Von weither wehte ihn eine Erinnerung an. Eine Melodie. Ein Duft ohnegleichen. Er hob den Kopf. Er lauschte. Er hörte sie spielen. Das Pianino daheim war recht verstimmt. An einer Stelle hatte sie immer den gleichen Fehler gemacht. Er verstand nichts von Musik, und oft hatte ihn ihr Spiel ermüdet. Aber jetzt, da er vereinsamt in seinem Sessel saß, die Arme auf die Lehnen gestützt, jetzt sehnte er sich nach ihrem Spiel. Und kostbarer als alles Vollkommene auf dieser Welt war ihm jene Stelle, an der sie immer gepatzt hatte.

Einmal, als sie noch klein war und meine Frau noch lebte, war sie erschreckt aus dem Schlaf gefahren und von uns ins Ehebett genommen worden. Ihr kleiner, schlafwarmer, duftender Leib. Wie aufmerksam konnte sie lauschen, wenn ich ihr Märchen erzählte, das Kinn auf beide Handflächen gestützt. Und nun war sie ein kräftiges Mädchen geworden, das mich mit dem Schirm vor dem Tor erwartete, wenn es regnete.

Daß er sie hin und wieder hatte bestrafen müssen, fiel ihm ein und fiel nun auf ihn zurück. Als sie noch klein war, mußte ich sie einige Male übers Knie legen. Später gab es Tatzen, mit dem Kochlöffel, auf die gespannte Handfläche; zuweilen auch im Zorn. Wieder Jahre danach mußte ich ihr manches untersagen, zur Strafe und um der Konsequenz willen: Den und jenen Kinobesuch. Einen Ausflug mit Freunden, auf dem Schiff, in die Wachau. Es war ein duftender Pfingstmorgen gewesen . . .

Er erhob sich. Er ging auf und ab. Er wand sich vor Schmerz. Jede Bestrafung suchte ihn heim, und Reue verbrannte sein Herz.

Wie gut war es, daß ihn diese beiden jungen Doktoren ersucht hatten, die Besprechung auf morgen zu verschieben! Wie gut, daß er allein war! Denn nun konnte er all die Kosenamen nachholen, die er versäumt hatte. Sein Blick wurde trüb. Er quälte sich ohne Erbarmen. Er glaubte, nie mehr zu gesunden, und für einen entsetzlichen Augenblick geriet er dicht an den Abgrund.

Der Dachboden fiel ihm ein, den er am Vormittag mit dem Verwalter besichtigt hatte. Kamine. Ruß und Staub. Staubige Balken. Reste einer grauen, morschen Wäscheleine. Eine Leiter führte zu einer Dachbodenluke empor. Mit einer Art Heimweh dachte er an diesen nüchternen Ort.

Und er erschrak.

Ja, es gäbe diese Lösung. Man müßte nur die Leiter gegen einen der Balken lehnen und ihre Sprossen ersteigen . . .

Es schauderte ihn nicht davor. Aber er wußte, er würde es nicht tun. Die Frage, ob er zu feige war, in diesem seinem ureigenen Leben auszuharren, oder zu feige, durch den Selbstmord ins Nichts zu flüchten, stand außerhalb seines Grams. Er mußte abwarten, mußte geduckt den Schmerz über sich ergehen und die Zeit verstreichen lassen, von der es heißt, daß sie alles heile . . .

Anderthalb Stunden später stand er vor dem Tor.

Es regnete. Kollegen drängten sich eilig an ihm vorbei. Manche beachteten ihn kaum. Andere wieder verabschiedeten sich mit ausgesuchter Höflichkeit. Der Herr Hofrat. Die beiden jungen Doktoren, offenbar noch immer in ein dienstliches Gespräch verwickelt. Der Portier wieder, wie am Morgen, die Rechte am Schirm seiner Mütze.

Er hatte niemandem etwas erzählt. Eine Weile starrte er vor sich hin. Der letzte Sommer! Jene Stelle fiel ihm ein, an der ihr Weg aus dem Lärchenwald ins Freie bog und sie im Gespräch stehengeblieben und verstummt waren, betroffen von der Weite des Ausblicks. Kaum zwei Monate lag dies zurück. Es fiel ihm schwer, diesen Sachverhalt zu fassen. Einen Augenblick meint er, er müsse nur zum Bahnhof gehen, in den nächsten Zug steigen und nach Westen fahren, um seiner einzigen Tochter an jenem unvergeßlichen Ort wieder zu begegnen. Aber er wußte, sie war nicht da. Und er würde sie nie und nirgends mehr wiederfinden.

Endlich wandte er sich ab und machte sich auf den Heimweg. Der Regen hatte an Heftigkeit zugenommen. Und indes die Wagen, die an ihm vorbeifuhren, ihn mit einer schweren, schmutzigen Nässe überschütteten, dachte er an seine Küche, an das Abendessen, das er sich bereiten, an den Tisch, an dem er sitzen würde — allein. Und er fürchtete sich vor der kommenden Nacht, die schwer sein würde und ohne Ende, wie die Nacht zuvor.

Ein Bauer aus...
im Bregenzerwald

Unter allen psychosomatischen Phänomenen hat mich die durch eine Infektion verursachte Umwandlung eines Charakters seit jeher am tiefsten beunruhigt.

Daß ein Mann — bis zur Lebensmitte großzügig und klug, voll Schaffenskraft, Weitblick und Humor — nur durch ein gleichsam dahergelaufenes Virus binnen einiger Monate zu einem mürrischen, erschrekkend rasch ergrauten, auch im Ausdruck der Augen völlig fremden Wesen absacken kann; diese Vorstellung hat etwas derart Niederschmetterndes, daß man einem so gründlich versehrten Mitmenschen nur zu seinem Besten wünschen möchte, er wäre nie geboren. Denn in der Tat: Ist nicht solch entwürdigendem Zustand selbst die tiefste geistige Umnachtung vorzuziehen?

Im Sommer 1959 unterbrachen wir in Vorarlberg unsere Reise in die Bretagne, um eine seit Jahren geplante, mehrtägige Bergwanderung durch den Bregenzerwald zu unternehmen.

Zunächst verlief alles so, wie ich es daheim auf der groß ausgebreiteten Karte errechnet hatte. Die beiden ersten Nächte verbrachten wir in alpinen Hütten, die dritte in einem Gasthof. Am vierten Morgen aber waren wir bereits mit Verspätung aufgebrochen. Und da der Tag drückend heiß wurde und ein Gewitter uns zum Unterstellen zwang, konnten wir die vorgezeichnete Strecke nicht einhalten. Hinzu kam die mangelhafte, oft geradezu irreführende Markierung der Steige und nicht zuletzt der befremdende Umstand, daß die Nacht unerwartet rasch, fast ohne Übergang hereinbrach.

Wir sahen uns also genötigt, bei einem einschichtigen Gehöft außerhalb der Ortschaft L . . . zuzukehren. Man nahm uns gastlich auf. Der Preis für das einfache Abendmahl, Nachtquartier und Frühstück hielt sich, gemessen an jener teuren Gegend, in annehmbaren Grenzen.

Nachdem wir unsere beiden Söhne in einer winzigen Kammer zu Bett gebracht hatten, blieben wir noch bei den Bauersleuten in der behaglichen, getäfelten Stube sitzen. Rauchten und unterhielten uns: über ihre Lebensbedingungen, über den vergangenen Krieg und die Gefahr eines kommenden; zuletzt aber und am eingehendsten über die Erziehung der Kinder, deren es hier eine ganze Schar gab.

Was uns, trotz unserer Müdigkeit, bewog, weit länger als beabsichtigt aufzubleiben, war wohl die spontane Sympathie füreinander, noch mehr aber die Gelassenheit und der Weitblick dieser beiden Leute, die offensichtlich frei von Vorurteilen waren, selbst von solchen religiöser Art. Namentlich er, der Bauer, faszinierte mich. Ein nicht eben hochgewachsener Mann um die vierzig, hager, mit rötlichem Haar, ein wenig zu tief eingesunkenen Wangen und einem forschenden Blick, der freilich zwischendurch für Bruchteile von Sekunden etwas Eindringliches, fast Bohrendes annehmen konnte. Aber vielleicht lege ich erst heute, also wissend um den verworrenen Verlauf der späteren Ereignisse, mehr in damalige Beobachtungen, als ursprünglich vorhanden war.

Ich entsinne mich noch, daß ich am Ende vors Haustor trat; in berauschter Stimmung, obgleich wir doch nichts getrunken hatten.

Es war empfindlich kalt geworden. Eine sternklare Nacht ohne Mond dehnte sich hoch übers weite Tal. Duft von den Feldern ringsum. Dazu der harzige Hauch vom nahen Wald. Ein leichter Wind hatte sich erhoben und brachte aus dem Dorf unter mir das monotone Rauschen der Spinnerei, die in dieser Zeit der Hochkonjunktur auch zur Nacht arbeitete, wie ich eben erfahren hatte.

Lange stand ich so, schaute und lauschte.

Nach einer Weile tauchten auf dem fernen Hang gegenüber zwei Scheinwerfer, dicht beieinander, auf, wendeten einige Male und verschwanden endlich im Dorf. Schon meinte ich, ihr Wagen wäre an seinem Ziel angelangt, da kamen seine Lichter am Ortsausgang zwischen den letzten Häusern wieder hervor, rückten rasch näher, und als sie nun geradewegs auf mich wiesen, sah ich, indem ich mich geblendet umwandte, zum erstenmal bewußt die Fassade unseres Hauses. Sah, scharf gezeichnet: die Schindeln, die kleinen, vergitterten Fenster, den hohen First. Und für Augenblicke kam ich mir geborgen vor wie seit Jahren nicht mehr. Doch als der Wagen kaum hundert Schritte vor mir wendete, seine Lichter nun weit voraus übers Land zu meiner Linken warf und mich wieder allein in der Finsternis zurückließ, da fühlte ich mit einemmal ein Frösteln, ein unerklärbares Unbehagen wie vom Anhauch einer nahen Gefahr.

»Aber ... das ist doch nicht möglich!« Deutlich erinnere ich mich noch, diese Worte vor mich hingesprochen zu haben, ehe ich mich aufraffte und mit meiner Frau die gleichfalls winzige Kammer betrat, in welcher uns zwei altertümliche, ungewöhnlich hohe Betten erwarteten.

Am anderen Morgen trafen wir nur die Frau und die beiden kleinsten Töchter an. Der Bauer hatte sich schon vor Tag mit seinem erstgeborenen Sohn und Erben in einen entlegenen Forst begeben. Von den übrigen Kindern waren die älteren längst auf ihren Arbeitsplätzen, die jüngeren in der Schule.

Wortkarg, in jener Verlegenheit, die einen befällt, wenn man einander am Abend zuvor zu nahe gerückt ist, nahmen wir das späte Frühstück ein und verabschiedeten uns danach, nicht ohne zuvor unsere Adressen getauscht zu haben; für alle Fälle, wie wir ahnungsvoll meinten.

Am Weg ins Dorf hinab und auch anschließend in unserem Abteil auf jener Schmalspurbahn, die die Bregenzer Ache entlang ins offene Land am Bodensee führt, sprachen wir zunächst noch angelegentlich von diesen seltsamen Leuten und von der Kette von Zufällen, die uns in ihr Haus geführt hatte. Bald aber wurden wir abgelenkt: von dem Blick aus dem Fenster auf den grünen, schäumenden Fluß, auf Felsblöcke und steile Abbrüche. Auch trugen die Eindrücke der beiden folgenden Wochen in der Bretagne sowie der Alltag, der uns nach unserer Heimkehr wieder in seine unentrinnbaren Fesseln nahm, ein übriges dazu bei, daß jene Nacht rasch in Vergessenheit geriet.

Seither ist nahezu ein Jahrzehnt vergangen.

Meine Mutter und die Eltern meiner Frau sind mittlerweile verstorben, wir in einen anderen Distrikt unserer Stadt übersiedelt. Ich selbst habe, übrigens auf Anraten eines Freundes, vor vier Jahren meinen Posten gewechselt, sehr zu unser aller Nachteil, wie sich bald danach herausstellen sollte.

Indessen, das ginge alles an. Bedrückender finde ich die Tatsache, daß unsere Söhne nicht taugen. Der ältere wohnt noch immer daheim und bittet mich jeden Monat mit schlau verlegenem Lächeln um Geld. Der jüngere verdient zwar als Fotograf nicht schlecht, doch ist mir vor kurzem das Gerücht zu Ohren gekommen, er habe sich in seinem Fach auf bedenkliche Gebiete begeben.

Am tiefsten beunruhigt mich jedoch mein eigenes Verhalten. Denn mehr und mehr verstricke ich mich in ein labiles Stadium, in eine nie zuvor erlebte Ratlosigkeit, die mich kaum noch zwischen Recht und Unrecht unterscheiden läßt. Was immer ich heute anfange, ich handle falsch: sei es nun, daß ich die beiden durch Monate hindurch wortlos gewähren lasse, sei es, daß ich sie, vermutlich zum falschen Zeitpunkt und dann gewiß allzu heftig, zur Rede stelle.

Wenn ich nach solchen Ausbrüchen voll Sorge und nur, um wieder zur Ruhe zu kommen, mein Gesicht betaste, ist es mir, als hätte ich mich, abgesehen von einigen Falten um den Mund, kaum verändert.

Wie sehr ich mich getäuscht habe!

Welch fundamentale Umwandlung eines Charakters, seit ich heute knapp nach Mitternacht aus tiefem Schlaf gerissen wurde.

Es war der Briefträger. Nicht der gewohnte, mit dem ich seit jeher ein paar Worte zu wechseln pflege, sondern ein fremder, alter Mann in einer viel zu weiten Uniform. Er übergab mir ein Kuvert, dessen Empfang ich auf einem schmierigen, durch Linien unterteilten Bogen an angekreuzter Stelle zu bestätigen hatte.

Schlaftrunken, im Nachthemd steh ich im Vorzimmer, höre Schritte im Treppenhaus verhallen und starre auf den Umschlag: Quartformat, recht gewichtig; trotzdem viel zu hoch frankiert, wie ich verwundert feststelle. Die Tinte violett. Die Schriftzüge streng, nur leicht nach rechts geneigt, in jener deutschen, der sogenannten Kurrentschrift, die die älteren unter uns noch in der Schule zu lernen hatten und doch im Lauf der Jahrzehnte in Vergessenheit geraten ist.

Hätte ich ihn, hätte ich diesen Brief nur nie geöffnet!

Denn was ich nun zu lesen bekomme . . .

Als ich endlich aufsehe, begreife ich zum erstenmal den wahren Sachverhalt: Von meiner Frau, den Söhnen und deren Bräuten umringt, vermag ich eben noch flüchtig im Spiegel den Kopf eines mürrischen, erschreckend rasch ergrauten, auch im Ausdruck der Augen völlig fremden Wesens wahrzunehmen, ehe ich beide Arme in beschwörender Abwehr über meine Stirne hebe, um wenigstens ihre ersten Schläge parieren zu können.

Jeden Abend, gegen elf

(für Elisabeth)

Jeden Abend, gegen elf, machte sich Jakob Eis auf den Weg in den nahen Stadtwald.

Nach seinem aufreibenden Tageslauf (er hatte im Maschinenlärm einer Fabrikshalle zweiundvierzig Arbeiter zu beaufsichtigen, deren unverhohlene Feindseligkeit ihm ständig zu schaffen machte) und nach einem kaum weniger zermürbenden Abend im Kreise seiner vielköpfigen Familie (wo es um geringfügiger Ursachen willen zu den hitzigsten Auseinandersetzungen kommen konnte) hatte er das unabweisbare Bedürfnis nach wenigstens einer Stunde der Ruhe und der Sammlung.

Kein Wunder also, daß er den Augenblick, an dem er endlich aus dem Haustor auf die nächtlich leere Straße treten konnte, jedesmal wie einen Trunk frischen Wassers empfand. Und nicht selten hub er schon nach den ersten hallenden Schritten an, vergnügt vor sich hin zu pfeifen, wobei er seine Gangart beschleunigte, um rascher am ersehnten Ziel zu sein.

Der Stadtwald, ein Park englischen Stils, erstreckte sich in annähernd rhombischer Form über ein Areal, dessen Ausdehnung niemand exakt anzugeben vermochte. Heute noch finden sich Leute, die vor der Behauptung nicht zurückschrecken, er wäre, wenn nicht unendlich, so doch dermaßen weiträumig, daß es Jahre bedürfe, ihn nach allen Richtungen zu durchstreifen. Reichlich aufgebauschte, schwärmerische Ansichten, wurden sie doch mittlerweile längst durch die sorgfältigen Messungen unserer Geometer entschieden widerlegt; und dies nicht nur einmal.

Daß sie sich trotzdem stets aufs neue durchzusetzen vermochten liegt vermutlich an dem Umstand, daß der nordwestliche, vom Stadtkern am weitesten entfernte spitze Winkel des Parks fast ohne Grenze in die Foggenbergschen Gehölze übergeht, die sich ihrerseits wieder, gleichfalls ohne spürbare Grenze, tief in die Urwälder, Sümpfe und ungerodeten, zum Teil noch nicht einmal erforschten Landstriche im Norden unseres Kontinents erstrecken sollen.

Fest steht, daß dieser Nordwestzipfel des Parks seit jeher nach Einbruch der Dunkelheit gemieden wurde, obwohl auch hier die Stadtgärtner Wege und Rasen gewissenhaft pflegten und sich auf dem äußersten der Plätze sogar eine Sandkiste befand, in der, angeblich, an sonnigen Tagen Kinder ihre Mauern und Burgen bauten. Gemieden nicht nur der beträchtlichen Entfernung, sondern auch seiner nicht ganz geheuren Verlassenheit wegen; gemieden aber nicht zuletzt, will sagen vor allem, da sich hier um die Jahrhundertwende eines jener furchtbaren, bis zum heutigen Tage nicht aufgeklärten Blutverbrechen ereignet hat, über das seinerzeit sämtliche Blätter die einander widersprechendsten Berichte brachten.

In der Tat: Der Umstand, daß ein so kaltblütiger Mörder es verstanden haben soll, sich für immer dem Zugriff der Gerechtigkeit zu entziehen, hat etwas unheimlich Beängstigendes. Selbst dann, wenn man angesichts der seither verstrichenen Zeit mit Bestimmtheit annehmen darf, daß er nicht mehr am Leben ist. Allein die Vorstellung, daß er zuvor noch Jahrzehnte mitten unter uns unauffällig seiner Arbeit nachgegangen, ja, daß er vielleicht sogar zu den angesehensten Bürgern der Stadt gezählt haben könnte, diese Vorstellung hat die Gemüter der Leute immer wieder bis zur Panik erhitzt.

All jener Ereignisse und der daraus erwachsenen Gerüchte und phantastischen Verdächtigungen entsann sich Jakob das eine oder andere Mal, wenn er in den nächtlichen Park eintrat, hatte er sie doch in seiner Kindheit oft genug und nie ohne einen gewissen prikkelnden Schauder zu hören bekommen. Dennoch bewogen sie ihn nie, haltzumachen oder gar umzukehren. Nicht etwa, weil er ihnen keinen Glauben geschenkt hätte — er gehörte zu jener Sorte von Leuten, die alles für möglich halten —, sondern nur, um sich selbst eine Probe der Verachtung jeglichen Aberglaubens zu geben. Daß er dabei freilich einem anderen, nämlich jenem bekannten Aberglauben der Soldaten huldigte, nach welchem in einen Granattrichter keine andere Granate mehr einschlagen könne, kam ihm nicht zum Bewußtsein.

Entschlossen, bis in jene fernsten Distrikte durchzuhalten, trat er Nacht für Nacht ein. Und jedesmal überkam ihn schon auf halbem Weg eine Ahnung von der wahren Größe dieses Parks. Namentlich in stürmischen Herbstnächten, wenn Wind und Regen in den Kronen der Platanen rauschten, fühlte er sich imstande, die Überlieferung ohne Bruch mit den Ergebnissen der Geometer zu vereinen.

Das undurchdringlich dunkle Strauchwerk beiderseits der Wege, unterbrochen von Rasenflächen und schwarzen Teichen, die sich in die Finsternis verloren. Die wenigen, im Winde schwankenden Laternen über leeren Bänken. Heftig gestikulierende Schatten. Vereinzelte Blätter, von Windstößen über den Weg gehetzt. Dazu der befremdliche Klang der eigenen Schritte. Plötzlich stehenbleiben. Regungslos lauschen ... Dies alles war gewiß dazu angetan, den Eindruck der Weitläufigkeit dieses Parks sowie der eigenen Verlassenheit zu vertiefen.

Allein auch in solchen Nächten, auch bei schwerem Regen, ja selbst im Schneegestöber versäumte er nie, den ganzen Stadtwald bis in seine letzten Ausläufer zu durchqueren, hier immer auf der gleichen Bank Platz zu nehmen und etwa zehn Minuten auszuharren, ehe er den Rückweg antrat.

Dann freilich beschleunigte er seine Schritte mehr und mehr, aus einer unerklärlichen Furcht, als wäre jemand hinter ihm her. Zudem fast jedesmal von heftigem Rückenwind angetrieben ... Bis er endlich das Tor erreicht hatte, aufatmen konnte, und — gemächlicher nun — durch die leeren Gassen das letzte Stück Heimwegs antrat: nie ohne ein Gefühl der Beschämung über die Tatsache, daß er unterwegs Angst empfunden hatte.

Einmal fügte es sich, daß er, nach langwieriger Krankheit, zum erstenmal wieder zu seinem Abendspaziergang aufbrechen konnte. Zudem war es weit später als gewöhnlich. Lag es nun allein an diesem oder einem anderen, dahinter liegenden Umstand, kurzum, schon als er das Haustor hinter sich abschloß, hatte er das Gefühl, es müsse heute alles anders sein als sonst.

Es war eine Nacht von lähmender Schwüle. Zu seinem Befremden fand er in der Gasse vor seinem Haus eine Reihe hoher, finsterer Fernlastwagen. Alle Fenster ringsum waren erloschen. Selbst jenes, hinter dem er allnächtlich den Uhrmacher hatte sitzen sehen, die Lupe ins eine Auge geklemmt, das andere buschig geschlossen, regungslos über ein winziges Werk gebeugt.

Als er sich dem hohen Parktor näherte, drängte sich ihm unwillkürlich der Vergleich mit einem weit geöffneten Rachen auf. Auch brannten nicht, wie üblich, nur einige, sondern sämtliche Laternen, so daß der große, rechteckige Vorplatz in ein ungewohnt scharfes Licht getaucht war. In weitem Geviert umringten ihn die Statuen, die er bisher kaum beachtet hatte; jede auf ihrem Sockel, den blinden Blick starr über ihn hinweggerichtet. Die eine oder andere von ihnen hielt die Rechte mit der Steinkeule oder dem Schwert in drohender Abwehr erhoben.

Verwundert blickte Jakob sich um. Er kam sich eingekreist vor. Und es fiel ihm schwer, sich vom lautlosen Pathos dieses Anblicks endlich loszureißen und den gewohnten Weg einzuschlagen.

Als er den Vorplatz schon eine geraume Weile hinter sich hatte, hielt er jäh an; war es ihm doch, als hätte er aus tiefer Ferne, vom anderen Ende des Parks her, einen langgezogenen Ruf vernommen.

Allein nach angespanntem Lauschen sagte er sich, daß er sich wohl getäuscht haben mußte ... Doch gerade in dem Augenblick, als er wieder zum ersten Schritt ansetzte, erscholl linker Hand von einem der nahen Teiche her das gellende Geschrei und Flügelschlagen eines Vogels und — brach ab, so erschreckend jäh, wie es eben noch eingesetzt hatte.

Totenstille.

Regungslos, das linke Bein vorgestellt, verharrte er

an der gleichen Stelle, wie gelähmt. Jede Lust, seinen Weg fortzusetzen, war ihm vergangen. Auch wurde ihm bewußt, daß es ein Uhr vorbei war; ein Zeitpunkt, an dem er sich gewöhnlich längst zu Bett begeben hatte.

Unwillkürlich vergegenwärtigte er sich die Schlafgemächer daheim. Die heißen, zerwühlten Betten seiner Frau und seiner zahlreichen Söhne. Lange schon ahnte er, daß er bei ihnen in nicht gerade hohem Ansehen stand. Mehr als einmal hatte er zu bemerken geglaubt, daß sie einander Blicke zuwarfen oder auseinanderfuhren, wenn er unvermutet ins Zimmer getreten war. Und plötzlich, mit der Deutlichkeit einer Vision, erkannte er, daß man daran war, ihm im Verlauf seiner nächtlichen Exkursionen nach und nach die Herrschaft zu entreißen.

»Von einer Gefangenschaft bin ich in die andere geraten!« sagte er leise zu sich selbst; weniger verwundert über den Wortlaut dieses Satzes als über den Umstand, daß es ihn drängte, diesen Satz einige Male zu wiederholen.

Beklommen machte er sich wieder auf den Weg, jeden Augenblick darauf gefaßt, hinter der nächsten Biegung auf das Unerwartete zu stoßen. Aber es ereignete sich nichts. Er hörte den trockenen Hall der eigenen Schritte, blickte sich zuweilen ängstlich um, lächelte bitter, als er den Wunsch verspürte, laut zu singen, und stapfte in verbissenem Schweigen voran in die Nacht, die weniger als je zuvor ein Ende zu nehmen schien.

Als er den höchsten Punkt seines Weges erreicht hatte — eine Art Engpaß zwischen zwei Hügeln: der zur Rechten felsig schroff, der linke eine sanfte Kuppe, auf der man die Umrisse des Tempels in der Dunkelheit nur vage ausnehmen konnte —, stellte er zu seiner Bestürzung fest, daß hier die Lichter abbrachen und der Weg sich in die Finsternis verlor.

Wie sonderbar — dachte er: daß der ansonsten zwar immer spärlich, doch in seiner ganzen Länge beleuchtete Weg gerade heute nur in seinem ersten Drittel im hellsten Licht, danach aber völlig im Dunkeln liegen soll?

Wieder erwog er, umzukehren. Jedoch auch hier siegte die Vernunft, oder was Jakob für Vernunft hielt. Und so schritt er den Weg hinab wie in einen Tunnel.

Eine Weile danach trat das Dickicht zu beiden Seiten zurück. Die Ebene tat sich auf. Stille. Duft nach frisch geschorenem Rasen. Darüber ein spärlich bestirnter Himmel. Tief atmete er die köstliche Nachtluft ein.

»Von einer Gefangenschaft in die andere . . .« Wieder dieser Gedanke! »Aus der dunklen Enge einer Einzelhaft . . . Ja, das war es! Daran mußte er festhalten; zunächst einmal. Und dann versuchen, einige Schichten tiefer vorzudringen. Eine Erinnerung tauchte auf, so fern und vage freilich, daß er sich sagen mußte, sie käme aus einer Epoche, die er kaum persönlich oder wenigstens nicht bewußt erlebt haben konnte.

Sein von langer Krankheit gespaltener Geist begann sich endlich wieder zu orientieren. Und rüstiger ausschreitend, fühlte er das alte Glück einsamen Wanderns wiederkehren. Ja, er überlegte mit einemmal, ob er nicht die Gelegenheit nützen und aus seinem bisherigen Leben ausbrechen sollte: allein, frei, unbekümmert um die Zukunft.

Er mochte etwa eine Stunde so gegangen sein, als es ihm war, als sähe er in der Ferne, wo sich die Ebene zu jenem eingangs erwähnten Wald schloß, einen hellen Fleck. Unwillkürlich verlangsamte er seinen Schritt.

War dies ein tief über den Wipfeln hängender Stern?

Oder eines jener Irrlichter, wie sie vor Jahrhunderten in unserer Gegend beobachtet wurden?

Er konnte diese Erscheinung zunächst lange nicht enträtseln und bedauerte schon, die alten Chroniken der Stadt nie gründlich studiert zu haben. Doch als er endlich die ersten Bäume erreicht hatte, stellte er erleichtert und zugleich befremdet fest, daß hier wieder einige vereinzelte Laternen brannten. Ein leichter Wind hatte sich erhoben und rauschte in den Kronen über ihm.

Der wohlbekannte Weg, hier fast so breit wie eine Forststraße, führte nun in leichtem Bogen bis zu jener Stelle, wo es ins undurchdringliche Dunkel der Foggenbergschen Wälder überging, wendete sodann halblinks und mündete kaum hundert Schritte danach in den letzten Platz.

Hier war es still und leer wie jede andere Nacht zuvor.

Jakob tastete sich zu seiner gewohnten Bank, die tief im Schatten eines intensiv duftenden Strauches lag, voran, setzte sich, behutsam, entschlossen, heute nur einen Augenblick und gleichsam nur, um seine Pflicht zu erfüllen, hier zu verweilen.

Allein es kam anders.

Als er sich nämlich zurücklehnen wollte und die Bank seiner Bewegung nicht nachgab wie sonst, hatte er mit einemmal das Gefühl, nicht allein zu sein. Und in der Tat war es ihm, als er angestrengt in die Finsternis starrte, als säße jemand am anderen Ende der Bank.

Nein! Das gab es doch nicht! Er mußte sich getäuscht haben. Der Platz war leer, niemand war da.

Aber kaum atmete er erleichtert auf, sah er wieder jemanden an derselben Stelle sitzen, regungslos wie er selbst.

Sein Schrecken war ungeheuer.

Aufspringen! Die Flucht ergreifen!

Aber er saß fest. Gelähmt. Unfähig zur geringsten Bewegung, wie in jenen Alpträumen, in welchen man um jeden Preis fliehen müßte, aber nicht vom Fleck kommt.

Erst nach einer Weile, als seine Verkrampfung sich endlich gelöst hatte, wurde ihm bewußt, daß der andere wohl das gleiche empfinden mochte und es daher gewiß am ratsamsten wäre, ein Gespräch zu beginnen. So wünschte er ihm also, mit heiser verklemmter Stimme, zunächst einen guten Abend. Da er aber keine Antwort erhielt, kam ihm der Gedanke, daß er eingeschlafen sein könnte. Oder gar tot? Denn daß wirklich jemand am anderen Ende der Bank saß, war nicht mehr zu leugnen.

Jetzt, da seine Augen sich an die Dunkelheit gewöhnt hatten, war er auch imstande, ihn deutlicher auszunehmen: Eine Gestalt, ihm halb zugewandt, mit ungewöhnlich schmalem Gesicht und tiefschwarzen Augenhöhlen, still, unbeweglich.

Jakob hätte nun tatsächlich aufstehen und sich leise davonmachen können. Aber so ist der Mensch: Er fürchtet die Schmach mehr als selbst den Tod. So beschloß er abzuwarten, was geschehen werde. Und da gerade in diesem Augenblick sein Gruß doch noch erwidert wurde, beeilte sich Jakob, dem anderen von seinen allnächtlichen Spaziergängen zu erzählen, und kam dann — einem unerklärbaren innerlichen Zwang folgend — mit einer ihn selbst befremdenden Redseligkeit auch auf die eigenen Lebensumstände zu sprechen. Erleichtert einmal, da er es nicht mit einem Phantom, sondern einem lebendigen Menschen zu tun hatte, zum anderen, da er von diesem unerwarteten Gesprächspartner eine ähnlich harmlose Erklärung seiner Anwesenheit erhoffte.

Gerade in dieser Erwartung aber wurde er enttäuscht. Denn nachdem er geendet und an den anderen die Frage gerichtet hatte, was denn *ihn* zu so später Stunde hierher verschlagen habe, erwiderte dieser zunächst wieder so lange Zeit nichts, daß Jakob bereits wähnte, er wäre nun wirklich eingeschlafen, und eben beschloß, endgültig aufzubrechen. Da begann der Fremde von neuem zu sprechen:

Nein! Er wäre nicht aus dieser Stadt. Er kenne sie gar nicht. Ja, er sei überrascht zu hören, daß sich in so unmittelbarer Nähe eine menschliche Ansiedlung befinde. Wohl aber wäre er schon einmal an dieser ganz bestimmten Stelle des Parks gewesen. Ein einziges Mal nur. Doch sei das schon lange her; etwa zur Jahrhundertwende. »Denn«, so schloß er wörtlich: »Ich bin ein uralter Mann!«

Woher er denn aber komme? — wollte Jakob wissen.

»Das ist eine lange, eine denkwürdige Geschichte!« erwiderte der andere, ohne seine Stellung zu verändern. »Wollen Sie sie hören?«

Jakob bat höflich darum; bereute aber im gleichen Augenblick seine Neugier, zumal sie keineswegs aufrichtig war. Eine seltsam ferne Ahnung beschlich ihn. Auch fiel ihm auf, wie gewählt sich der andere ausdrückte; zudem mit einem Akzent, der ihn an jemanden aus seiner frühen Kindheit erinnerte. Aber er kam nicht mehr dazu, Einwände vorzubringen, sondern hörte nur noch diese Stimme. Und was sie nun berichtete, war freilich dazu angetan, ihn mehr und mehr zu fesseln.

»Ich geriet«, so vernahm er, »in den Wirren der letzten Kriegstage, im Verlauf einiger heftiger Vorstöße des Gegners, in Gefangenschaft. Nach einer dunklen Einzelhaft von etwa einem Dreivierteljahr wurde ich in ein Lager von nie zuvor gesehener Ausdehnung überstellt. Heute noch — obgleich diese Erlebnisse fast ein halbes Jahrhundert hinter mir liegen — sehe ich uns zur Stunde der Dämmerung auf der bloßen Erde liegen, jeder in seinen Burnus gewickelt, viele Hunderttausende, dicht nebeneinander hingestreckt über die Ebene und die angrenzenden Hügel, so weit der Blick reichte.

Am Tage hockten wir unter der grellen Sonne in Gruppen beisammen; schwiegen zumeist, schlummerten auch. Bis irgendeiner von uns zu klagen anhob, wenn der Hunger, die Öde und Ausweglosigkeit ihn übermannten. Dann pflanzten sich diese Schreie alsbald in der Runde fort, und ein allgemeines Wehklagen erfüllte Zeit und Raum. Denn wir bekamen kaum etwas zu essen; nur dann und wann flüssige Nahrung aus riesigen, halbkugelförmigen Behältern, über die wir mit der Gier von Tieren herfielen. Auch gab es weder Zelte noch Baracken, von Latrinen ganz zu schweigen, so daß sich jeder genötigt sah, seine Leibesnotdurft an Ort und Stelle zu verrichten.

Die Grenzen unseres Gefangenenlagers aber waren damals so weit entfernt, daß sie uns aus eigenen Kräften unerreichbar blieben.«

Jakob lauschte gebannt. »Von einer Gefangenschaft in die andere!« Auch hier der gleiche Gedanke, der ihn schon den ganzen langen Weg begleitet hatte. Das konnte doch kein Zufall sein! Oder habe ich ihn vielleicht selbst eben ausgesprochen? — fragte er sich noch, als er schon den anderen fortfahren hörte, mit einer Stimme von solcher Monotonie, daß sie nach und nach eine unentrinnbare Schläfrigkeit auszubreiten schien:

»Vermutlich keimte schon damals bei vielen von uns zum erstenmal der Gedanke an eine Flucht. Vage Vorstellungen zunächst. Ansätze, roh nur und ohne konkretes Ziel. So raffte da und dort einer für Augenblicke unter unvorstellbaren Mühen sich auf, taumelte ein paar Schritte voran und — brach wieder in sich zusammen. Andere wühlten ohne Unterlaß im Erdreich oder trommelten mit den Fäusten gegen den bloßen Boden, als ob es hier eine Möglichkeit gäbe, zu entrinnen. Wieder andere ergriffen, was ihnen zwischen die Finger kam, und führten es zum Mund, Holzspäne. Sand. Eine verrostete Schnalle. Selbst vor den eigenen Exkrementen machten sie nicht halt. Am ergreifendsten aber war es, zu beobachten, wie einer bloß mit nackten Armen ins Leere langte.«

Er setzte ab und schwieg eine Weile, ehe er fortfuhr:
»Bei all dem ward immerhin etwas getan; freilich ohne sich dessen recht bewußt zu werden. Man übte seine Kräfte. Man lernte mit der Zeit — und die Zeit verging damals noch unendlich langsam, ja, zuweilen schien sie für immer stillzustehen —, man erlernte es, seine Bewegungen mehr und mehr zu koordinieren.«

Wieder schwieg er. Diesmal für lange.

Jakob starrte voll Erwartung in die Finsternis seiner geschlossenen Augen. Vom ersten Satz an war es ihm, als hätte er dies alles schon einmal gehört, irgendwo gelesen oder insgeheim gedacht; vielleicht sogar selbst erlebt, freilich unter anderen Umständen und vor so langer Zeit, daß es ihn nur noch ahnungsweise berührte. Ein kranker Mann — dachte er. Ein Mann am Ende seiner Bahn, wie ich. Und wie mich beschäftigt auch ihn offenbar inständig der Gedanke an eine Flucht.

»Ich sprach eben vom Gedanken an eine Flucht«, vernahm er im gleichen Atemzug. »Erst Jahre danach sollte er handfeste Form gewinnen. Merkwürdigerweise bei den meisten von uns spontan und annähernd zur gleichen Zeit. So brachen wir eines Mittags auf; mit Proviant versehen und hinlänglich ausgerüstet für unser Vorhaben, wie wir damals noch glaubten. Wir waren nicht eben viele Leute: kaum ein halbes Hundert; beiderlei Geschlechts, nahezu gleichen Alters, doch sehr verschieden hinsichtlich unserer Herkunft und unserer Charaktere. Am weitesten aber wichen wir voneinander in unserer Sprache ab. Denn unter so vielen Leuten gab es kaum zwei, die die gleiche Sprache begriffen. Wenn ich mich recht entsinne, konnten wir uns nur durch unartikulierte Laute und mit Hilfe einer dürftigen Zeichensprache verständigen. Wirklich einig waren wir uns hingegen in unserem Trotz, unserem Widerstand gegen die Wachmannschaften sowie in unserem unabweisbaren Drang nach Freiheit.

Ich selbst, einer der jüngsten unter ihnen, war, was man einen unpraktischen Menschen nennt; zudem träge und von einer bedenklichen Unentschlossenheit. So wußte ich lange nicht, ob ich mitmachen sollte oder nicht. Ja, längst schon unterwegs, war ich immer wieder nahe daran abzuspringen, wenn irgendein Gegenstand am Straßenrand mich ablenkte. Hinzu kamen die enormen Strapazen, die Ungewißheit, ob wir unser Ziel je erreichen würden, und nicht zuletzt die bange Frage, ob wir überhaupt die rechte Richtung eingeschlagen hatten. Denn wir besaßen weder Kompaß noch Karte. Und da unser Blick zumeist zur Erde gerichtet war, wußten wir noch zu wenig über die Sterne.

Damals begann ich zum erstenmal zu ahnen, was die Matrosen des Kolumbus nachts in ihren Hängematten empfunden haben mochten. All dies Befremdend-Neue. All die Ungeborgenheit. Dazu die erschreckenden Schatten der Bäume und Felsen. Das Heulen der Tiere nachts im Dickicht dicht neben uns. Oft zog die Panik mit uns gleich drohenden Gewitterwolken. Dennoch blieben wir stets beisammen, einer ängstlich an den anderen geklammert.«

»Und . . . wie ging das aus?« fragte Jakob die Finsternis, den anderen und sich selbst.

»Wir erlitten Schiffbruch. Es war nicht anders zu erwarten!« erfuhr er, ohne zu staunen, da auch er nichts anderes erwartet hatte. Er war mit einemmal im Bilde. Er kannte diese Geschichte. Es gab sie in zahllosen Varianten. Aber ihr Kern war uralt. Und es hätte gar nicht dieses Fremden bedurft, zu erfahren, wie es weiterging. Dennoch konnte er nicht umhin, gebannt zu lauschen, als der andere in seinem Bericht fortfuhr:

»Wir hatten eben die südliche Küste unseres Kontinents erreicht und krochen in weit auseinandergezogener Kette durch den Sand, als einer von uns mit entsetzter Gebärde in die Ferne auf eine Reihe dunkler, rasch anwachsender Punkte wies. Eine Erscheinung, die wir fürs erste nicht enträtseln konnten und für eine Fata Morgana hielten. Bis wir am Aufblitzen der Kokarden erkannten, daß es sich um eine Patrouille unserer Wachmannschaften handelte, die im Laufschritt heranrückte. Kaum zu beschreiben ist die Panik und die Verzagtheit, in die wir nun gerieten. Alles stob auseinander. Einige versuchten ins Meer, andere in die Dünen zu flüchten, wieder andere steckten einfach ihre Köpfe in den Sand. Aber es gab kein Entrinnen. Schon im nächsten Augenblick waren wir umzingelt, wurden roh vom Boden emporgerissen, in die Gesichter und auf die Gesäße geschlagen, mit Gewehrkolben vorangetrieben, danach in Viehwaggons gepfercht und ins Lager zurückgeschickt.

Welch lange Heimreise! Mit Schaudern erinnere ich mich der hallenden Nächte und des unablässigen Hämmerns der Räder auf den Schienen; aber auch der regungslosen Wartezeiten, wenn man uns unterwegs auf ein Nebengeleise geschoben und offensichtlich für eine Weile vergessen hatte. Dann verrichteten wir wieder unsere Notdurft in die Waggons und rüttelten an den Schiebetüren, außerstande, sie auch nur einen Millimeter vom Fleck zu bringen.

Trotzdem — ich versuche gar nicht, es zu leugnen, daß ich mich wie geborgen fühlte, als wir endlich wieder im Lager angelangt waren. Die Absicht, zu fliehen, hatte ich freilich nicht aufgegeben, sondern nur den Zeitpunkt verschoben. Auch war ich mir bewußt, wie viel aus diesem ersten Fehlschlag für künftige Fluchtversuche zu lernen war. Denn der Gedanke, zu entfliehen, ließ mich nicht mehr los.

Oft lag ich Stunden auf dem Rücken, regungslos

oder mit den Beinen strampelnd, starrte gegen den Himmel und vermochte, wenn mein Bewacher sich über mich beugte, in aller Gutmütigkeit in seine Augen zu schauen. Welche Anstrengungen an Verstellung und Heuchelei waren vonnöten, ihm nie zu zeigen, woran ich eben dachte. Indes, es gelang mir; fast immer. Manchmal wachte ich, wenn die Wachen schliefen. Dann wieder stellte ich mich schlafend, während sie beisammensaßen, sich dem Trunk ergaben, würfelten oder sich in endlosen Diskussionen über unsere Ohnmacht ergingen, wobei sie zwischendurch in betäubendes Gelächter ausbrechen konnten. Dann drehte ich mich auf die Seite oder auf den Bauch, hielt die Augen scheinheilig geschlossen, kicherte still in mich hinein und wertete insgeheim meine Beobachtungen aus.

Kurzum: Ich begann sie zu durchschauen. Wenngleich wesentlich älter und vermutlich reicher an Erfahrungen als wir, waren sie doch keineswegs frei von Schwächen. Ganz im Gegenteil. Sie waren habgierig, ohne Einsicht, fürchteten sich vor Gewittern. Vor allem aber fiel es leicht, sie zu täuschen. Mit einem Wort: Sie waren kaum anders als wir, nur eben größer und im Besitz der Macht. Am erstaunlichsten bleibt mir bis heute ihr Mangel an Konsequenz, mit dem sie übrigens nicht nur sich selbst schadeten, sondern auch uns und unserem Verhältnis zu ihnen. So konnte ich etwa, ohne zu ermüden, ihre Langmut prüfen, indem ich Gegenstände meiner nächsten Umgebung immer wieder weit von mir warf, um festzustellen, daß sie sie, gleich Hunden, immer wieder apportierten und vor mich hinlegten. Ich tat dann, als freute ich mich darüber. In Wirklichkeit verachtete ich sie.«

Wieder wehte Jakob eine ferne Erinnerung an. Es war ihm, als hätte er sich einst ähnlich verhalten. Zudem wurde ihm mit einemmal bewußt, daß er seit Wochen schwer, wenn nicht unheilbar erkrankt war, außerstande, das Bett zu verlassen. Und nur dem Rat der Ärzte entgegen hatte er sich wieder und zum letztenmal auf seine nächtliche Exkursion begeben. Ein schwerer, ein betäubender Duft ging von dem Strauch in seinem Rücken aus und drohte, ihm die Besinnung zu rauben. Es wird Zeit, heimzukehren, für immer — dachte er und wollte sich eben sacht, unendlich langsam erheben...

»Bleiben Sie!« hörte er den Fremden mit kaum vernehmbarer Stimme sagen: »Wir sind noch nicht am Ende!« Also sank er aufs neue in sich zusammen, wandte sich zur Seite, drückte sich tiefer in die Bank, die nachgab, als wäre sie gepolstert.

»Ich war nicht mehr bereit, nachzugeben; oder wenn, dann nur zum Schein«, fuhr er fort: »Ich mußte fliehen! Um jeden Preis! Nur galt es, diesmal ganz anders, mit äußerster Umsicht zu Werk zu gehen. Karten, Kompaß, die üblichen Navigationsinstrumente hatte ich mir angeschafft und mit der Zeit ihren Gebrauch erlernt. Wurde ich dabei überrascht, tat ich, als hätte ich eben noch getrunken und wäre darüber eingeschlafen, meinen Ziegenschlauch in den zum Himmel gereckten Fäusten. Kaum aber war ich wieder allein, machte ich mich aufs neue an meine Vorbereitungen zum Ausbruch. Daß es meinen Mitgefangenen — fast hätte ich gesagt: meinen Mitvergangenen — nicht anders erging, erfuhr ich freilich erst weit später. So lange nämlich hielt ich jede meiner Errungenschaften für mein ganz persönliches Eigentum.

Bis ich endlich zu begreifen begann, daß alles allen gehört. Eine Erkenntnis voll Schwermut! Und daraus die Schlußfolgerung: Nicht allein, nur mit Hilfe anderer sind Ziele zu erreichen!

Wir taten uns also zusammen, viele Tausende, und an einem Tag wie jeder andere machten wir uns auf den Weg. Seltsam bleibt, daß ich mich der Stunde unseres Aufbruchs nicht mehr mit Bestimmtheit zu entsinnen vermag. Ich weiß nur noch, daß wir einfach quer durchs Lager schritten, von niemandem behindert, einem Ausgang zu, den wir nicht verfehlten, obgleich wir ihn nicht kannten.

Ich selbst spielte dabei zunächst nur eine untergeordnete Rolle. Ich war der Jüngste und der Schwächste; physisch wie auch psychisch, unreif für ein solches Vorhaben, oft ratlos und von einem krankhaften Nachahmungstrieb, der mich insbesondere bei meinen ersten Schritten unseren Anführer imitieren ließ;

einen rechtschaffenen Mann, den ich übrigens später ohne Bedenken meinen Zielen opferte. Kurzum: Ich trottete bloß mit, unfähig noch zu eigenem Urteil, angewiesen auf die Erfahrungen anderer und vor allem am Anfang stets über weite Strecken im Hintertreffen. Ein Mitläufer also. Ein Nachläufer, nicht vom Fach und daher bei entscheidenden Besprechungen auch nie zu Rate gezogen. Aber es sollte anders kommen.

Zunächst verlief alles aufs beste; sozusagen noch unter regulären Bedingungen. Wir hatten erreicht, was wir als Freiheit bezeichneten, und zogen mit der Sicherheit von Schlafwandlern in Scharen durchs Land. Wohl gerieten wir gelegentlich in die Irre. Auch gab es unvorhergesehene Hindernisse und die ersten Ausfälle. Aber damit war ja zu rechnen gewesen. Nicht gerechnet hatten wir hingegen mit den furchtbaren Strapazen, die uns noch bevorstanden. Denn als wir endlich den Dschungel erreichten, sollte sich alles mit einem Schlag verändern. Die betäubende Hitze machte uns zu schaffen. Unsere Buschmesser wurden stumpf, so daß wir viel zu langsam vorankamen und die tägliche Marschroute nicht mehr einzuhalten vermochten. Hinzu kam der Hunger, kamen Seuchen. Auch räumten Raubtiere unter uns auf. Es gab Schreie, Blut, Schweiß, Entsetzen. Kein Wunder also, daß die Armee von einer Verzagtheit heimgesucht wurde, wie wir sie nie zuvor erlebt hatten. Bald verloren wir den letzten Zusammenhalt. Streit flackerte auf. Schon griffen einige zu den Waffen. Und es blieb nur noch eine Frage der Zeit, wann es zu Kämpfen aller gegen alle und zuletzt zum erbarmungslosen Kampf Mann gegen Mann kommen würde. Dem mußte ich entgehen. Denn ich war ja der Schwächste und würde als erster unterliegen. Anderseits war an Flucht nicht mehr zu denken. Denn wer jetzt die Gemeinschaft verließ, der war verloren.

Mit solchen Überlegungen schlug ich mich herum, namentlich in Nächten, wenn ich auf dem Rücken lag und, vom Fieber geschüttelt, empor zu meinem Dach aus feuchtem Blattwerk und Lianen starrte, inständig auf der Suche nach einer Lösung . . .

Bis die Erleuchtung kam! —

Ich hatte alles falsch eingeschätzt:

Nicht nur meine Umgebung, vor allem mich selbst. War ich bisher der Meinung gewesen, ich wäre der Schwächste, begann ich endlich zu begreifen, daß manche meiner Schwächen insgeheim eine ungeahnte Stärke bedeuteten. So etwa das ständige Mißtrauen gegen mich selbst sowie mein Mangel an handgreiflichen Bedürfnissen oder meine Anpassungsfähigkeit, die gerade diesem ungewöhnlichen Klima gewachsen war. Auch spürte ich instinktiv, daß es in den folgenden Jahren eher auf Zähigkeit ankommen sollte als auf rohe Kräfte. Das hieß aber: meinen Charakter von Grund auf ändern! Und dazu fand ich mich, zum erstenmal in meinem langen Leben, auch durchaus bereit. Denn es war mir bewußt geworden, daß es nach rechtem nicht heißen sollte: Aller Anfang ist schwer! sondern: Alles zu einem Ende führen. Wie viele Dinge hatte ich zuvor schon begonnen; ohne Mühe, ja oft mit einer Art echter oder nur gespielter Begeisterung. Allein schon bald danach waren mir jedesmal die Beine schwer geworden. Zweifel kamen von allen Seiten herangekrochen und trachteten, nach und nach mich zu überwältigen. Bis ich wieder einmal stehengeblieben war und im Morast zu versinken begann. Gerade dies durfte nicht mehr geschehen! Denn um am Leben zu bleiben, galt es nur noch durchzuhalten! Einen Schritt vor den anderen zu setzen! Unsere alles zerstörende Zeit zu nützen! Und nie und niemals auch nur einen einzigen Augenblick nachzulassen; so schwer dies am Anfang auch fallen mochte.

Ich war voll Stolz; in kalter Ekstase. Mein Verstand, meine Sinne waren endlich geschärft zu Taten, zum Durchbruch. Und voll Erbarmen und Neid gedachte ich der anderen, die rings um mich in ihrer Bewußtlosigkeit verharrten.

Ich fand keinen Schlaf in jener Nacht. Als im Morgengrauen die Trommeln uns zusammenriefen, erhob ich mich von meinem Lager; schmal, übernächtig, ohne Worte, als hätte sich nichts von Bedeutung ereignet. Aber als ich in den weiten Kreis trat und wie immer in der Runde von einem zum anderen blickte, tat ich es zum erstenmal im Bewußtsein, daß nur ein einziger von uns durchkommen werde. Und zwar jener«, fuhr er fort, ehe Jakob noch seine Frage, wen er denn damit meine, aussprechen konnte: »Und zwar jener, der entschlossen war zu äußerster Härte, zu aller Schläue und Hinterhältigkeit, gegen sich selbst und gegen seine ehemaligen Gefährten. Einer, der selbst vor dem Kannibalismus nicht zurückschreckte, wenn es darauf ankam. Mit einem Wort: Nur der Entsetzlichste, der Furchtbarste unter uns war imstande, die Zeit zu überstehen und seine Umwelt zu überleben.«

Jakob sank noch tiefer in seinen Sitz. »In meinem nächsten Leben werde ich alles ganz anders anfangen!« nahm er sich in aller Stille vor und rückte dabei dichter an den Fremden heran und damit an die Grenze zwischen Wachen und Schlaf, Wirklichkeit und Traum. Ja, einen Atemzug lang träumte er davon, jene Grenze erreicht zu haben, die das Leben vom Tode trennt . . .

»Und . . . Wie ging das aus?« hörte er sich flüstern.

»Es ist keiner von den anderen mehr am Leben!« wurde ihm erwidert, mit einer Stimme, die er von der eigenen kaum unterscheiden konnte. »Aber . . . Ich bin noch nicht am Ziel. Einer steht mir noch im Weg!«

Jakob empfand kein Entsetzen mehr bei diesen Worten. Nur noch eine Art Euphorie im unabweisbaren Bedürfnis, endlich schlafen zu können, für immer. Er wußte: Er war allein. Und sah dennoch in der Finsternis, dicht vor seinem eigenen Angesicht, des Fremden schwarze Augenhöhlen über bleichen Wangen. Und es schauderte ihn vor dem kalten Anhauch einer unendlichen Grausamkeit.

Ganz langsam erhob er sich und wollte sich auf den Heimweg machen. Doch als er zum ersten Schritt ansetzte, war es ihm, als wäre ihm jemand in den Nacken gesprungen.

Da erloschen ringsum die letzten Lichter.

»Jakob! . . . *Jakob!!!*« suchte ihn seine Frau aus dem Schlaf zu rütteln.

Aber er war tot. Er lag auf der Seite, ein Bein weit vor dem anderen, den Kopf ängstlich eingezogen, in der Haltung eines Mannes, den man auf der Flucht erschossen hat.

Das letzte Kapitel eines verschollenen Romans

Wir eilen zum Ende.

Wie sollte ein Mann vom Charakter Daniel Helbocks, ein so schwer beweglicher und unentschlossener, zudem immerfort von Gewissensbissen heimgesuchter Standesbeamter anders zugrunde gehen als auf jene Weise, die sowohl der Chronist dieser Blätter als auch deren aufmerksamer Leser längst voraussah?

Auf die näher einzugehen sich demnach erübrigen könnte, wären nicht im nachhinein Dinge bekannt geworden ... Frappante Wendungen, wenn man will, Fausthiebe des Schicksals, die Daniel noch etliche Male aufs kräftigste hin und her stoßen sollten, ehe er gleichsam mit dem Kopf voran in den Morast getreten wurde.

Wir wissen noch, daß er seine Fahrkarte gelöst und rechtzeitig, oder vielmehr Stunden zu früh den vorgeschriebenen Zug bestiegen hatte. Wissen, daß er, obgleich dieser Zug leer war, lange unschlüssig durch die Gänge von Waggon zu Waggon gewandert war, ohne sich für ein Abteil entscheiden zu können. Auch ist durch Zeugen verbürgt, daß er auf dem Bahnsteig einige Erfrischungen eingekauft hat: Orangen, ein Fläschchen Mineralwasser, mehrere Tüten gesalzener Mandeln; dazu die Zeitung sowie eine Zeitschrift, auf deren Titelblatt jener Unhold abgebildet war, der Jahre hindurch unsere Gegend in Atem gehalten hatte, bis man ihn endlich auf frischer Tat ertappen konnte.

Was unmittelbar danach folgte, muß freilich, aller Voraussicht nach, für immer im dunkeln bleiben: Die Abfahrt des Zuges, die zahlreichen Kontrollen unterwegs, die Reise selbst: Zunächst die Küste entlang, dann über die zerklüfteten Ausläufer des Mantai-Gebirges und endlich quer durch jene Ebene, der unser

Strom den Namen gibt. Über all dies ist wenig oder nichts bekannt.

Vermutlich wird er am Anfang noch oft und gerne zum Fenster hinausgesehen haben, dann aber doch ermüdet zurückgesunken sein, um einige Stunden, vielleicht auch Tage ohne Bewußtsein zu verbringen. Auch ist anzunehmen, daß, angesichts der damals zumeist überfüllten Züge, selbst sein Abteil erster Klasse voll besetzt war und erst nach und nach sich zu leeren begann.

Endlich aber — und damit setzen wir an jenem Punkt an, von dem ab die letzten Ereignisse in Daniels Leben späterhin auch weiteren Kreisen bekanntwerden sollen —, endlich konnte er es sich zum erstenmal wirklich bequem machen. Denn der einzige Passagier, der ihm noch die letzten anderthalb Stunden schräg gegenüber gesessen hatte, ein mürrischer Greis, unablässig vor sich hin nickend und taub obendrein, wie es den Anschein hatte, war eben ausgestiegen.

Es war eine jener Stationen gewesen, wie sie zuweilen auf freiem Felde zwischen zwei weit entfernten Ortschaften liegen.

Schon im Einfahren war ihm der geräumige Landauer aufgefallen, der auf der Rampe zur Linken des Bahnhofsgebäudes gewartet hatte. Und als der Zug endlich zum Stehen gekommen war, hatte er, neugierig zum Fenster geneigt, den stämmigen, mit einem grünen Schurz angetanen Mann beobachtet, der beim umständlichen Aus- und Einsteigen behilflich gewesen war, dann das Gepäck verstaut, endlich den hohen Kutschbock erklommen, Zügel und Peitsche ergriffen und in vorbildlich knappem Halbkreis gewendet hatte, ehe er — gleichzeitig mit dem sachten Anfahren des Zuges — in eine Pappelallee bog, die schnurgerade einem fernen Wäldchen zu führte, hinter dem offenbar ein herrschaftlicher Landsitz verborgen lag.

Er lehnte sich in seinen Fensterplatz zurück, tief in Gedanken.

Das flüchtige Lauern im Blick des Kutschers war ihm nicht entgangen. Auch schien es ihm jetzt, als wäre dieser Alte gar nicht so abweisend gewesen, ja, als hätte er nur auf einen Anlaß gewartet, ins Gespräch zu kommen. Unwillkürlich suchte er seinen Gesichtsausdruck nachzuahmen: Das schwerfällige Nicken, die Unterlippe, leicht vergeschoben ... Und plötzlich begann er die Zusammenhänge zu ahnen.

»Die Zeitung!« murmelte er bestürzt.

Noch einmal nahm er sie zur Hand und vertiefte sich in den verworrenen Leitartikel, von dem im vorangegangenen Kapitel bereits ausführlich die Rede war. Allein auch diesmal vermochte er nicht klüger daraus zu werden. Zwar fühlte er sich für Augenblicke der Lösung dicht auf den Fersen, gleich danach aber entkam sie ihm wieder und entschwand nun zur Gänze im Nebel. Zudem war der Text, der hereinbrechenden Dämmerung wegen, immer schwerer zu lesen, so daß er es schließlich aufgeben mußte.

Wie an der Peripherie einer Drehscheibe fährt dieser Zug — dachte er noch —, einer Drehscheibe von gigantischen Ausmaßen.

Danach mußte er wohl für eine Weile eingenickt sein. Denn als er aufschreckte, merkte er, daß es Nacht geworden war. An der Decke des Abteils brannte eine scharfe Glühbirne. Fröstelnd erhob er sich und schloß die Schiebetüre, die sich vermutlich von selbst geöffnet hatte.

Lange stand er nun, die Rechte um einen Bügel dicht über seiner Schläfe geklammert, am Fenster und starrte in die Finsternis. Bis er zu seinem Schrecken entdeckte, daß dieser Bügel der Griff der Notbremse war.

Erst jetzt nahm er zum erstenmal die Gelegenheit wahr, sein Abteil genauer zu inspizieren. Die schwere Polsterung aus purpurnem Plüsch. Den Hebel der Heizung. Die kleinen, emaillierten Schilder in einer Sprache, die er nicht verstand. Wie kommt — fragte er sich verwirrt — wie kommt dieser fremde, altmodische Waggon in unser Land?

Er setzte sich; erhob sich aber gleich wieder und trat noch einmal ans Fenster.

Das Unbehagen verließ ihn nicht mehr.

Ob er recht daran getan hatte, alles liegen und stehen zu lassen? Nur um einer mehr als vagen Einladung Folge zu leisten?

Er langte in seine Brusttasche, um noch einmal den Wortlaut der gedruckten Karte studieren zu können. Aber er suchte vergebens. Weder die Karte war da, noch das Kuvert mit dem Absender. Offenbar hatte er bei seinem überstürzten, zu allem Überdruß auch noch streng geheim gehaltenen Aufbruch versäumt, sie zu sich zu stecken.

Nun hatte man zwar ausdrücklich ersucht, an der Pforte die Einladung vorzuweisen — soweit er sich entsann, war dieser Passus sogar gesperrt gedruckt —, doch war anzunehmen, daß man ein solches Versäumnis entschuldigen werde. Weit bedenklicher war ein anderer Umstand: Er hatte den Namen des Landgutes nicht im Gedächtnis behalten. Er erinnerte sich nicht einmal, in welcher Gegend es lag. Er wußte nur: Er war mit etwa vierhundert Leuten zu einem internationalen Kongreß eingeladen, der sich über eine Woche erstrecken sollte. Auch hätte er die Vorderfront des Gebäudes — eines aufgelassenen Klosters — sowie die beiden Säle und das prunkvolle Treppenhaus wiedererkannt und zur Not auch beschreiben können. Denn der Bote seines Gastgebers hatte ihm einige, freilich recht vergilbte Fotografien vorgelegt.

Was also tun?

Am besten den Schaffner um Rat fragen.

Ein eisiger Wind fuhr ihn an, als er auf den leeren, nur schwach beleuchteten Gang hinaustrat und sich die Wände entlang zu tasten begann. Hier erst fiel ihm auf, wie heftig der Waggon schwankte. Es ging durch Wald. Bei einem der offenen Fenster warf es einen Schwall Geruchs nach Kiefern und nassem Erdreich herein. Ohne Ende zog eine Mauer dicht gedrängter Stämme und Äste vorbei. Ihr Rauschen und das eilfertige Gerumpel der Räder verschlangen jeden anderen Ton. Dennoch hielt sich all dies Lärmen vergleichsweise noch in Grenzen. Wo es aber von einem Waggon in den anderen ging, auf jener schmalen, von ruckelnden Eisenplatten gefügten Brücke unterm finsteren Faltenbalg, schwoll das eherne Hämmern, das Sausen und Geklapper so bedrohlich an, daß ihn das Entsetzen packte, und er erst wieder aufatmen konnte, wenn er den nächsten Gang erreicht hatte, wo eine

Welle Wärme ihn aufnahm und das Pochen der Räder zwar noch im gleichen Rhythmus, doch beträchtlich gedämpft zu hören war.

Fast alle Abteile waren finster. Die Vorhänge zugezogen. Nur da und dort brannte noch Licht; und im Vorbeigehen konnte er Leute sehen, mit geschlossenen Augen, dicht aneinander gelehnt.

In einem Coupé, das ein Schild als »reserviert« bezeichnete, saßen zwei Männer in der Uniform der Landwacht; beide die Köpfe auf die Brust gesenkt. Zwischen ihnen aber, eingeklemmt und bis zum Hals gefesselt: ein Mann mit struppigem Haar und Bart.

Noch befremdlicher aber wirkte der Einblick ins übernächste Abteil. Denn hier lag eine junge Frau, mag sein auch ein Mädchen, auf der gepolsterten Bank zur Linken. Unbekleideten Unterleibs. Die Beine angezogen. Einen so drohenden Ernst im Blick, daß er sich schaudernd abwandte und unwillkürlich seine Schritte beschleunigte.

Reihen leerer Abteile dann.

Schaffner war keiner zu finden. Vermutlich hatten sie sich alle längst zur Ruhe begeben. Auch der Speisewagen war leer, wenngleich hell erleuchtet. Tisch an Tisch, gedeckt schon fürs Frühstück am kommenden Morgen. Er konnte nicht umhin, einen der Teller aus Steingut unter eine Lampe zu heben — und stellte verwundert fest, daß er von einer Staubschicht bedeckt war.

Gerade hier lichtete sich der Wald draußen und wich dann weit zurück. Eine Straße begleitete die Strecke, entfernte sich für eine Weile, kurvte scharf heran.

Plötzlich eine Bahnschranke. Ein Reihe Wagen mit aufgeblendeten Scheinwerfern. Leute davor, heftig gestikulierend, als ob an dem Zug etwas nicht in Ordnung sei, als ob eines der Waggondächer brenne. Im gleichen Augenblick lag alles hinter ihm. Wieder sprang der Wald heran, so schwarz und dicht nun, daß es schien, als scheuerte er an den Fenstern.

Betäubt machte er sich wieder auf den Weg. Taumelte tapfer voran, von einem leeren, völlig abgedunkelten Waggon zum nächsten.

Und als er endlich die letzte Plattform erreicht hatte, starrte er lange hinaus. Ein Stern zitterte tief über der Schneise, und die davoneilenden Gleise waren in der Finsternis kaum auszunehmen.

Er zündete sich eine Zigarette an, und indes er sie in tiefen Zügen rauchte, überkam ihn allmählich ein Zustand abwägender Ruhe.

Gewiß, er hatte Fehler auf Fehler begangen; namentlich in den beiden letzten Jahrzehnten. Doch war noch nicht alles verloren. Auf keinen Fall durfte er sich wieder in den Hintergrund drängen lassen wie bisher, sondern mußte trachten, endlich seine Fähigkeiten zu nutzen. Auch stand zu erwarten, daß er schon in naher Zukunft, vielleicht noch an diesem Abend, einflußreichen Persönlichkeiten vorgestellt werden sollte. Sollten aber trotz allem all seine Pläne fehlschlagen, so bliebe noch immer die Heimkehr.

Ein Rückzug also? Wieder einmal unverrichteter Dinge? In eine Umgebung, zu der man die letzten Brücken endgültig abgebrochen zu haben glaubte? Welch unerträglicher Gedanke! Noch bedrückender aber war plötzlich etwas ganz anderes: Die Vorstellung nämlich, daß sich eben jetzt jemand Unbefugter in seinem Abteil zu schaffen machen könnte.

Ich muß auf schnellstem Weg zurück!

Er ließ das Fenster eine Handbreit hinunter, warf den Zigarettenstummel hinaus. Und hatte er sich nicht getäuscht, so hatte er noch eben, als die winzige Glut mit zwei Sätzen davonsprang, ganz vage die Umrisse eines Mannes gesehen, der in der Dunkelheit mit ausgestreckten Armen dicht neben dem Bahnkörper stand.

Voll Hast ging er wieder von Waggon zu Waggon. In der Fahrtrichtung nun, und mit ein wenig höherer Geschwindigkeit als dieser ganze Zug und vermutlich auch all seine Passagiere. Einen Augenblick fesselte ihn diese Vorstellung so sehr, daß er den Zug hinwegdachte und sich selbst mit über neunzig Meilen in der Stunde riesigen Schrittes durch die stürmische Nacht voranrasen sah.

Auch diesmal entdeckte er unterwegs niemanden vom Zugspersonal.

Einmal glaubte er schon, es käme ihm jemand auf einem unendlich langen, schmalen Gang entgegengelaufen: ein Mann mit gesträubtem Haar, taumelnd und wirren Blicks. Aber es war nur sein eigenes Spiegelbild in der gläsernen Tür am Ende eines der vielen Waggons.

Indessen sollte seine Hoffnung, endlich irgend jemanden zu treffen, nicht vergeblich gewesen sein.

Als er nämlich, nach einem schier endlosen Rückweg durch leere, finstere, helle, hallende, schwankende Gänge endlich seinen Waggon erreichte, stieß er zum erstenmal auf einen Schaffner. Er stand unmittelbar vor seinem Abteil, mit dem Rücken ans Fenster gelehnt, die Beine links und rechts von der geöffneten Schiebetüre gegen die Zwischenwand gestemmt. An seiner Brust hing eine Lampe, die von unten her sein verfallenes Gesicht und die geschlossenen, fast wimperlosen Augen beleuchtete.

»Ich bitte Sie«, fragte oder vielmehr schrie Daniel — denn es ging eben in einen Tunnel, und die scharf vorbeisausenden Steinwände erschwerten die Verständigung —, »können Sie mir sagen, ob ich bald auszusteigen habe?«

Allein der Schaffner vermochte nicht zu antworten. Offenbar hatte er im Stehen geschlafen. Seine Arme baumelten. Er blinzelte träge, drehte sich halb zur Seite; und gewiß wäre er im nächsten Augenblick zusammengebrochen, hätte ihn Daniel nicht bei den Schultern gepackt und heftig gerüttelt.

»Ob ich bald auszusteigen habe?«

Jetzt erst schien der Schaffner zu erwachen. »Hier . . .«, murmelte er, »geradeaus. Sie sind auf dem rechten Wege.« Er wies mit schwächlicher Gebärde in die der Fahrt entgegengesetzte Richtung.

»Ja, aber . . .«, schrie Daniel ihm ins Ohr, »wie viele Stationen noch?«

»Sie sind schon auf dem rechten Wege!« wiederholte der Schaffner, wobei er den Kopf schräg zurücklegte und die Zähne bleckte. Plötzlich riß er sich los, lief geduckt den Gang entlang und wandte sich an dessen Ende noch einmal um, einen Ausdruck maßlosen Staunens im Blick.

Was hat er bloß? fragte sich Daniel. Er war schon im Begriff, ihm nachzueilen, kehrte aber nach ein paar Schritten um und öffnete das Fenster. Als er sich hinausbeugte, schlug ihm der scharfe Fahrtwind vereinzelte Regentropfen ins Gesicht.

Er hatte sich nicht getäuscht: Der Zug war von ungewöhnlicher Länge. Nicht nur nach hinten zu verlor er sich in der finsteren Ebene, sondern auch vor ihm hämmerten offenbar die Räder vieler Waggons auf den Gleisen. Denn erst in großer Entfernung, fast als läge dies alles schon jenseits des Horizonts, sah er von Zeit zu Zeit den Feuerschein der Lokomotive aufflakkern, gleich fernem Wetterleuchten.

Da und dort fiel ein Kegel Licht aus einem der zahllosen Fenster und begleitete die Fahrt in nicht aufzuhaltender Eile. Auch sein eigener Schatten hetzte flach über Stoppelfelder, eine Kreuzung zweier Karrenwege, Streifen Weidelands und wieder über Felder ohne Ende. Er winkte sich selbst zu und erwiderte dieses Winken, immer wieder.

Plötzlich war es ihm, als hätte er dicht neben dem Schatten seines eigenen Kopfes den eines zweiten bemerkt. Entsetzt fuhr er herum.

Der Schaffner stand neben ihm.

»Sie . . .«, keuchte Daniel, er hatte Mühe, sich zu einem Lächeln zu zwingen. »Sie haben mir einen schönen Schrecken eingejagt!«

»Wir sind gleich da«, erwiderte der Schaffner.

»Aber woher wissen Sie . . .«

Das gibt's doch nicht! dachte Daniel. Woher will er wirklich wissen, wann ich auszusteigen habe? Dessen ungeachtet trat er doch ins Abteil und richtete sein Gepäck zusammen. Es war nur eine Aktenmappe mit seinen Papieren und einigen Empfehlungsschreiben, dazu die Zeitung, Hut und Mantel. Währenddessen stand der Schaffner, der gleichfalls eingetreten war, dicht hinter ihm. Und da der Zug noch keinerlei Anstalten machte, seine Geschwindigkeit zu verringern, kamen sie ins Gespräch.

Er habe einen schweren Dienst, beteuerte der andere. So sehr ihn auch zuweilen der Schlaf zu übermannen drohe, müsse er doch stets auf die Stationen achten, um die Passagiere, die, der beträchtlichen Länge dieses Zuges wegen, oft weit voneinander in ihren Abteilen liegen, rechtzeitig zu wecken. Zudem wären die meisten ohne Einsicht. Fast alle weigerten sich hartnäckig, an ihrem Bestimmungsort auszusteigen; oft nur, um paar armselige Minuten länger schlafen zu können. Da gälte es freilich, Gewalt anzuwenden.

»Gewalt?« fragte Daniel verblüfft.

Der Schaffner nickte. Sein Gesicht hatte einen sehr ernsten Ausdruck angenommen. »Aber ich bin...«, setzte er nach einer Weile an. »*Was* sind Sie?... So sprechen Sie doch!«

»Ich bin offensichtlich schon zu weit gegangen«, flüsterte er und wollte sich aufs neue davonmachen.

Aber Daniel dachte nicht daran, wieder allein, wieder ohne erschöpfende Auskunft zurückzubleiben. Er hielt den anderen fest. Und nachdem er ihn gezwungen, sich zu setzen, und mit der Linken die Türe geschlossen hatte, drang er nun mit aller Entschiedenheit in ihn: »Eines müssen Sie mir erklären: Woher haben Sie tatsächlich gewußt, daß ich die nächste Station auszusteigen habe?«

»Man... sieht es Ihnen an.«

Daniel glaubte seinen Ohren nicht zu trauen. »Man sieht es mir an?« brachte er endlich hervor. »*Wer? Sie* etwa?«

»Nicht ich! Bestimmt nicht allein!« Tief in seinen Winkel zurückgelehnt hob er beschwörend die Arme. »Wir alle wußten's von einem ganz bestimmten Augenblick an...« Und da er anscheinend wieder verstockt schweigen wollte, verlor Daniel den letzten Rest seiner Beherrschung.

»Sprich! Du Hund!« schrie er. »Oder ich erwürg' dich!« In jäher Wut hielt er die Rechte flach zum Schlag erhoben.

Der Schaffner war todbleich geworden, seine Pupillen ganz verengt. »Sie tun mir weh!... Lassen Sie mich los!«

»Erst wenn du mir Rede und Antwort stehst!« beharrte Daniel. Da er aber im gleichen Augenblick den überraschend dünnen Oberarm unter seinen Fingern krachen fühlte, lockerte er seinen harten Griff.

Ein Hauch Vergeblichkeit hatte ihn angeweht. Immerhin ist er eine Amtsperson. Wer weiß, durch welch sonderbaren Diensteid gebunden. Und wenn er durchaus nicht sprechen will, ich kann's ihm nicht verwehren.

Erschöpft setzte er sich. Saß erschöpft, den Kopf schräg zurückgelegt, die Hände schlaff zwischen den auseinandergefallenen Knien. Dann aber rückte er nah an den Schaffner heran, sprach lange begütigend auf ihn ein. Eine Weile strich er ihm sogar, nachdem er ihm die Dienstmütze abgenommen hatte, über den ergrauten, schütteren Haarkranz.

Er könnte mein Vater sein, sagte er sich. Würde ich, fuhr er in Gedanken fort, würde ich dulden, daß ein fremder Sohn meinen Vater so behandelt, wie ich es eben tat? Und wäre ich, an seiner Stelle und in seinem Alter, nicht ebenso erschüttert, wenn ein fremder Sohn gegen mich die Hand zum Schlag erhöbe?

Lange saßen sie nun und schwiegen.

Das Hämmern der Räder war wieder in alter Härte zu hören. Das schwarze Fenster, vom Regen mit schrägen Perlenreihen gestreift. Zum erstenmal fühlte Daniel voll Behagen die kostbare Wärme und Geborgenheit. Nach und nach begann eine lähmende Schläfrigkeit sich seiner zu bemächtigen. Doch gerade als er ihr nachgeben wollte, als er die Nutzlosigkeit all seiner Bemühungen einsah und gar nichts mehr zu wissen begehrte, gerade da begann der Schaffner zu sprechen.

»Ja . . .« Er blickte versonnen vor sich hin. »Wir sahen es Ihnen an, daß Sie zum großen Kongreß wollen. Ihr ganzes Verhalten sprach dafür. Nicht nur, daß Sie offenbar die entscheidenden Übergänge vom Tag zur Nacht zu verschlafen pflegen, sondern auch der Umstand, daß Sie sich, auf der Suche nach einem von uns, gegen das Ende des Zuges begaben und nicht in die Richtung der Lokomotive, wie es doch weit eher zu erwarten gewesen wäre. Dabei saß ich zu dieser Zeit mit meinen Kollegen im Gepäckwagen und harrte Ihrer.«

Warum sage er: harrte Ihrer; und nicht einfach:

wartete auf Sie? — ging es Daniel durch den Kopf, indes der andere weitersprach:

»Jeder von uns hatte eine Decke um die Beine gewickelt und eine zweite hinter den Kopf geschoben. Man muß es sich in einer so stürmischen Nacht so behaglich wie nur möglich machen. Und deshalb hielten wir jeder ein Gläschen Chartreuse in der Hand. Wir hatten nämlich eine der Kisten erbrochen und und ihr eine Flasche entnommen.«

Er brach ab, schwieg eine Weile, offenbar in Erinnerungen versunken, ehe er fortfuhr: »Wir erkundigten uns eben gegenseitig nach dem Befinden unserer Frauen und Kinder ...« Wieder brach er ab, geschüttelt von Schluchzen und lautlosem Kichern.

Was ist mit ihm? fragte sich Daniel. Will er mich zum besten halten? Oder glaubt er, mit solchem Geschwätz Zeit gewinnen zu können? Schon langte er wieder nach seinem Arm.

»Ich will alles gestehen!« stöhnte der Schaffner und wand sich unter dem erneuten harten Zugriff; fuhr aber erst fort, nachdem Daniel losgelassen hatte. »Daß Sie einer von den Geladenen sind, erkannten wir zuletzt nur anhand eines einzigen Faktums: Sie sind an den beiden Abteilen vorbeigegangen, ohne einzugreifen! ... Dabei«, setzte er resigniert hinzu, »dabei hatten wir alles mit so großer Umsicht und nur für Sie allein aufgebaut.« Daniel sackte in sich zusammen.

Ja, das war wohl wahr. Jetzt erst erinnerte er sich, daß er auf seinem Rückweg diese beiden Abteile vermißt hatte. Erinnerte sich aber auch, daß er sich verwundert gefragt hatte, wohin diese Leute verschwunden sein konnten; da der Zug weder gehalten noch seine Geschwindigkeit auch nur ein einziges Mal verringert hatte. Zudem wurde ihm mit einemmal bewußt, welche Starre diesen beiden Szenerien angehaftet hatte. War es, war es nicht, als hätte er gebannt in ein Panoptikum geschaut? Oder gar auf zwei von jenen Gruppen, wie er sie als Kind auf seinen Fahrten durch die Grottenbahn bestaunt hatte?

Figuren, mitten in der Bewegung erstarrt. Wächserne Gesichter und Perücken, von einer Schicht feinen Staubs bedeckt ...

Er blickte auf — und erschrak vor dem neuen Ausdruck in des Schaffners Gesicht.

Nichts mehr von Scheu oder gar Unterwürfigkeit. Nein, diese Augen blickten lauernd kalt. Um die Lippen aber, kaum zwei Handbreit vor seinen eigenen, spielte ein hämischer Triumph.

Ein harter Ruck warf ihn gegen die vordere Wand des Abteils.

Der Zug bremste.

Nun wird es endlich ernst — dachte er noch.

Im gleichen Augenblick flog krachend die Türe auf. Die beiden Männer der Landwacht waren da, fielen gemeinsam mit dem Schaffner über ihn her und zerrten ihn aus dem Abteil.

»Es ist ein Irrtum! Eine Verwechslung!« schrie er. »So glauben Sie mir doch!« Sie schleppten ihn den Gang entlang, wobei er immer wieder mit dem Rükken auf dem Boden aufschlug. »Laßt mich los! Ich will euch gut bezahlen, und koste es mein ganzes Vermögen!« Als er entsetzt merkte, daß er unterwegs seinen Mantel und seine Aktenmappe verlor, suchte er sich aus Leibeskräften aufzubäumen: »Meine Papiere! Laßt mir wenigstens meine Papiere!«

»Wie der sich aufspielt!« keuchte einer der beiden Männer, die ihn an den Schultern trugen. Und als sie am Ende des Ganges, beim Abort vorbei, um die Ecke bogen, herrschte er ihn an: »Sei endlich vernünftig! Nimm doch nicht den anderen den Platz weg!«

»Aber der Waggon ist ja leer!« schrie Daniel.

Der Schaffner, der vorangegangen war, stieß mit dem Fuß die Türe auf. Sogleich peitschte es einen Schwall eisigen Windes herein.

Der Zug hatte mittlerweile beträchtlich an Fahrt verloren. Aber noch ehe er ganz zum Stehen gekommen war, holten die drei Männer aus und warfen Daniel hinaus in die Finsternis.

Der Aufprall war so hart, daß ihm die Sinne schwanden.

Für Augenblicke nur; doch gerade diese paar Augenblicke zu lang. Denn als er sich aufgerafft hatte und endlich wieder auf beiden Beinen stand, spürte er am Luftzug, daß längst wieder Waggonwand um

Waggonwand dicht an seinen ausgestreckten Armen vorbeiglitt. Noch langsam zunächst, bald aber schnell und schneller, durch unbegreiflich lange Zeiträume hindurch. — Bis endlich der Zug jäh abriß und ein trübes rotes Licht davonfuhr in die Nacht. Und hatte er sich nicht getäuscht, so hatte er im Fenster der letzten Plattform das Gesicht eines Mannes gesehen, der eben an einer Zigarette zog.

Fassungslos lauschte er dem Gerumpel der Räder nach, das allmählich schwächer wurde. Schon wollte er sich abwenden, als er erneut aufhorchen mußte. Das Geräusch war wieder deutlicher zu vernehmen, kam rasch näher, so daß er bereits wähnte, einen Gegenzug zu hören. Aber auch dieser Hall verklang nach und nach in der Ferne, bis er zuletzt völlig von der Finsternis und Stille verschluckt war.

Fassungslos stand er noch lange auf der gleichen Schwelle. Das Gefühl einer Verlassenheit, wie er sie noch nie in solcher Intensität erlebt hatte, wollte ihn überwältigen. Ausgesetzt. Verstoßen, verbannt in die Nacht. Hiezu kam die Erkenntnis, daß ihm, zugleich mit dem Mantel, auch sein Paß abhanden gekommen war. Nun bin ich nicht einmal mehr imstande, meine Identität nachzuweisen.

Kein Licht weit und breit.

Er zündete ein Streichholz an. Zwar blies es ihm der Wind sogleich wieder aus. Dennoch hatte er im Auflodern der Flamme augenblickslang die Umrisse einer grauen Bretterhütte ausnehmen können, ehe die Nacht nun in völliger Schwärze hereingebrochen war.

Offensichtlich das einzige Gebäude in dieser gottverlassenen Gegend, sagte er sich voll Ingrimm. Immerhin ein Unterschlupf! Denn die Kälte war empfindlich, und Wind und Regen hatten an Heftigkeit zugenommen. Vorsichtig tappte er über die Schienen und dann blind auf dem großen Schotter der Hütte zu. Als er ihre vordere Kante erreicht hatte und sich nun mit den Händen die nasse, schieferige Wand entlang tasten wollte, stellte er fest, daß dieser Hütte die Vorderfront fehlte. Und als er eingetreten war und abermals ein Streichholz anzündete — es roch hier intensiv nach altem Harn —, entdeckte er auf der Bank rechts im hintersten Winkel ein eng umschlungenes Paar, das sich träg voneinander löste.

»Unglaublich!« hörte er eine verärgerte Männerstimme. »Nicht einmal hier hat man seine Ruhe!«

»Verzeihen Sie ... Aber ich konnte ja nicht ahnen ..«, stammelte Daniel und tastete sich wieder hinaus ins Freie.

Ich muß trachten, die nächste Ortschaft zu erreichen! Vielleicht bin ich doch auf dem rechten Weg. Und der Gedanke, daß er, wenn alles gutginge, noch zu dieser Stunde im festlichen Saale stehen oder gemächlich promenieren könnte, in der einen Hand ein Glas, in der anderen die Zigarette, in ein angeregtes Gespräch mit einem Gönner vertieft, den er noch gar nicht kannte — diese vage Hoffnung trieb ihn voran in die Nacht.

Allein schon nach den ersten Schritten versank er bis zu den Knöcheln im Schlamm. Ein heftiger Windstoß entriß ihm den Hut. Und als im selben Augenblick der Regen mit eisiger Wucht auf sein ungeschütztes Schädeldach trommelte, fühlte er sich so dicht von Finsternis und Nässe umschlossen, daß er glaubte, weder einen Arm heben noch ein Bein zum ersten Schritt voransetzen zu können. Gleichzeitig aber war es ihm doch, als hörte er förmlich die Weite des Landes: ein Rauschen unsichtbarer, hoher Weizenfelder, das Ächzen ferner Bäume im Sturm, Menschenstimmen, Gebell von Hunden ...

»He! Sie!« gellte es in seinem Nacken. Entsetzt fuhr er herum und stieß hart mit jemandem zusammen.

»Da sind Sie ja!« schrie die Stimme, nun in Höhe seiner Kehle. Es war offenbar jener Mann, den Daniel noch eben in der Hütte aufgeschreckt hatte. »So hat das doch keinen Sinn!« schrie er jetzt. »Kommen Sie zurück in die Haltestelle!«

Daniel fühlte sich am Ellenbogen gepackt. »Aber ich muß zum nächsten Gasthof«, suchte er sich zur Wehr zu setzen.

»Sie würden nicht weit kommen«, erwiderte der andere, indem er Daniel halb zerrte, halb voranschob.

»Ich sagte: Sie würden nicht weit kommen!«, wiederholte der andere, seine Lippen dicht an Daniels linkem Ohr. »Die Straße ist von wochenlangem Regen aufgeweicht. Zu ihren beiden Seiten aber dehnt sich das Moor . . . Das nächste Dorf liegt weit von hier . . . Und wenn Sie es auch erreichen sollten, Sie werden dort weder einen Gasthof noch eine Herberge finden. Außerdem sind die Einwohner mißtrauisch und gehen früh zu Bett.«

Während er dies alles erklärte, kämpften sie sich gegen den Sturm voran, aneinander geklammert, jeder den freien Arm blind vorgestreckt.

»Wo bleibst du denn so lange?« empfing sie eine Frauenstimme, als sie endlich in die Hütte traten. »Ich komm' ja schon«, erwiderte der Mann an Daniels Seite.

»Was gibst du dich wieder mit so einem Kerl ab?«

»Du weißt doch: Man soll nichts unversucht lassen.«

»Aber er ist ja selbst schuld.«

»Ja. Gewiß . . .«, und dann leiser: »So beruhige dich doch!«

»Aber ich will mich gar nicht beruhigen!« kreischte die Frau auf. »Denk doch an die Unannehmlichkeiten, die wir schon hatten; damals, vor achtundvierzig Jahren, als wir in jenem Steinbruch . . .« Ihre Stimme erstarb so jäh, als hätte ihr jemand die Hand auf den Mund gelegt.

Daniel verstand nichts mehr, obgleich er dicht neben den beiden stand, völlig durchnäßt und bebend vor Kälte. Vermutlich flüsterten sie einander direkt in die Ohren. Mit der Zeit aber wurde auch dies Geflüster an seiner Seite immer schwächer. Und als es zuletzt ganz verstummt war und er lange regungslos in die Finsternis gelauscht hatte, konnte er sich des Eindrucks, man habe sich lautlos davongemacht, kaum noch erwehren.

Allein er täuschte sich. Denn als er endlich die erste Frage ins Dunkel wagte, halblaut nur, gleichsam versuchsweise, wurde ihm sogleich geantwortet:

»Keine Angst, wir sind noch da.«

»Nun bleibt uns wohl nichts anderes übrig, als ein wenig zusammenzurücken.«

Daniel tastete sich vor bis zur breiten Bank, die vermutlich alle drei Wände der Hütte entlang führte. Er setzte sich und saß eine Weile, die Arme zu beiden Seiten aufgestützt. Als er dieser Stellung überdrüssig wurde, versuchte er, sich seitlich hinzulegen. Es ging. Dann hob er die Beine an. Auch dies gelang ohne Mühe. Danach streckte er sie. Endlich drehte er sich auf den Rücken und verschränkte die Hände hinter seinem Nacken.

Allmählich wurde ihm warm, obgleich es doch gewiß keinen Ofen in diesem Raume gab. Der Sturm hatte sich gelegt. Zwar regnete es noch, aber dies war eher dazu angetan, die nach und nach sich ausbreitende Behaglichkeit zu erhöhen.

»Es ist hier so übel nicht«, stellte Daniel fest. »Ich hab' mir's bequem gemacht, so gut es eben geht. Ich werde versuchen, die Zeit zu verschlafen, bis der nächste Zug kommt.«

»Welcher Zug?« kam es aus der Gegend zu seinen Füßen.

»Na irgendeiner. Und wäre es auch ein Gegenzug.«

»Hier fährt kein Zug mehr. Weder in die eine noch in die andere Richtung«, vernahm er zu seiner Bestürzung. »Ihr Zug war der letzte. Denn die Strecke ist aufgelassen.«

Daniel wollte sich ausschütten vor Lachen.

»Wenn Sie es nicht glauben . . .; sehen Sie doch selbst!«

Ein Scheinwerfer flammte auf. Daniel, zunächst unerträglich geblendet und blinzelnd, drehte sich nur widerstrebend auf die Seite. Jetzt aber starrte er gebannt durch die breite Öffnung hinaus.

In der Tat: Die Schienen waren fort. Auch die Schwellen, selbst der grobe Schotter, über den er sich doch vor gar nicht allzu langer Zeit vorsichtig vorangetastet hatte. Statt dessen: nur eine Fläche nassen Sandes unterm Regen. Ohne Unebenheiten dehnte sie sich weit hinaus, bis an den Rand einer schwarzen Kuppel, die das Licht nicht mehr zu durchdringen vermochte . . .

Da brach jäh der Lichtkegel in sich zusammen.

Finsternis wieder. Und das emsige Trommeln des Regens.

Was Daniel noch eine Weile beschäftigte, indes er wieder ausgestreckt auf dem Rücken lag, war die Tatsache, daß ihn das eben geschaute Bild kaum überrascht hatte. Wie es ihm überhaupt schien, als wäre nichts imstande, seinen Glauben zu erschüttern.

Die Vorstellung, dicht vor dem Ziele zu sein, drängte sich ihm unweigerlich auf, blieb eine Weile — verflüchtigte sich nach und nach...

Stunden später fuhr er aus dem Schlaf.

Sollte vielleicht — fragte er sich in einer Anwandlung von Euphorie — sollte dies vielleicht jener Festsaal sein, von dem ich bis zum Überdruß geträumt habe?

»Wir werden wohl den Morgen abwarten müssen«, sagte er noch. »Die Nacht ist lang. Aber einmal muß auch sie ein Ende nehmen.«

»Hoffen Sie das nicht!« wurde ihm aus dem Dunkel erwidert. Und dann, geflüstert nur, ein Satz, der ihn erschauern ließ: »Denn der Anblick am Tage ist noch weit furchtbarer als der in der Nacht.«

Vorschlag für eine eingehendere Widmung

(gekürzte Fassung)

Ich widme dieses Buch meiner toten Mutter; meinem Vater, der noch am Leben ist, und seiner zweiten Frau, mit der er sich, nach Jahren der Trauer, zusammengetan, als sie ihre Einsamkeit nicht mehr zu ertragen vermochten.

Widme es meiner Schwester, deren Mann und beider beiden Söhne sowie meinem Bruder und dessen drei Frauen und zwei Töchtern.

Ich widme dies Buch vor allem aber meiner eigenen Frau und meinen beiden — wie ich fest glaube — eigenen Kindern: Elisabeth und Judith.

Widme es im nachhinein meinen verstorbenen Großeltern beiderseits und will es zudem widmen: meinen Vorfahren und meinen Nachkommen bis in die Tiefen der Vergangenheit und der Zukunft.

Im Gedenken an die Schemen dieser, die ich nicht kennenlernen werde, und jener, die ich nicht kennengelernt habe, trete ich vor den Spiegel, mein Glas auf ihrer aller Wohl zu erheben.

Aufs Wohl aber auch jenes Mannes, der diese schöne, vertikal im Raum hängende Fläche geglätteten Glases erst zum Spiegel erhoben hat. Ich stelle mir sein ernstes Gesicht vor, seine Kunstfertigkeit beim Belegen der Hinterwand mit Silbernitrat oder Zinnamalgam und, nach getaner Arbeit, den letzten prüfenden Blick, ehe er sich in aller Gemächlichkeit auf den Heimweg machte zu den Seinen.

Ihm — ob tot oder noch am Leben — sei dieses Buch gewidmet, indes ich mich wieder setze und meinen ersten, durch die Niederschrift der vorangegangenen Absätze stumpf gewordenen Bleistift gegen einen neuen, scharf gespitzten tausche. Ihm sowohl als auch den Erzeugern meiner Bleistifte, meines Spitzers, meines Schreibtisches und des Stoßes Papier zu meiner Linken; aber auch den Herstellern meiner schwenkbaren Lampe sowie meiner Schreibmaschine, auf der ich, nach zahlreichen Korrekturen, alles ins reine zu tippen pflege, sei dies Buch gewidmet.

Welch altmodische, siebenundzwanzig Pfund schwere Maschine! Ich kann nicht ohne Wärme an sie denken. Denn weit eher als alle Land-, Wasser- und Luftfahrzeuge dieser Erde vermag sie mich nicht in die abenteuerlichsten Bereiche der Fantasie und der Erinnerung zu entführen.

Ich erinnere mich meines ersten entscheidenden Freundes und Lehrers Friedrich K., den ich seit Jahren aus den Augen verloren habe. Und ich widme ihm mein Buch im Gedenken an die vielen Gespräche auf gemeinsamen Spaziergängen: in der Eifel, durch die sonnigen, schattengestreiften Alleen der Normandie, an der Küste vor Catania. In dankbarem Gedenken an seine sensitive, fördernde Kritik bei meinen ersten Schritten hinaus aus dem Haus der Eltern. Zur Erinnerung vor allem an einen Abend im September 40 auf der Terrasse eines Restaurants hoch über Le Havre. Wir hatten viel zuviel getrunken, geredet, geraucht, einander schon nach halben Sätzen verstanden. Und als wir endlich aufbrachen und laut singend die Gassen hinabstürzten zum Hafen, wo die See mit strengem Wind uns empfing, da waren wir berauscht von der Aussicht auf unsere glorreiche Zukunft.

Duft unwiederbringlicher Erlebnisse! Von weither weht's mich an: Erinnerungen: an den und jenen Satz, an ganz bestimmte Gebärden, an nikotingebräunte Finger, die nervös einen Zigarettenstummel ausdrükken, an melonenfarbige Lampions ...

Voll Schwermut geh' ich eine Weile auf und ab. Und trete endlich vor den Ofen, meine kalten Hände zu erwärmen.

Du guter, gewichtiger Geselle! Auch dir, auch deinem Konstrukteur sei dieses Buch gewidmet. Auch

jenen Leuten, die dich einst fluchend hier herauf ge-
schleppt, die deine Rohre legten und deren Eintritt ins
Gemäuer mit Schamotte verschmierten. Vor allem
aber dem Manne, der mir heute die Kohlen brachte.
Ich widme es seinem geschwärzten Gesicht, seinen
knotigen Händen, seinen Knien und Waden, die wohl
zittern vor Anstrengung, wenn er unter seiner Last
die vier Stockwerke emporsteigt bis zu mir. Ich widme
es ihm, dem Arbeitnehmer, der seine Arbeit hergibt;
aber auch seinem Arbeitgeber, der diese Arbeit
nimmt.

Ich widme es den Kaminfegern, deren Begegnung
Glück bringen soll, dem Straßenkehrer, unseren beiden Briefträgern und der Hausmeisterin, die unser
Haus sauber hält und sein Tor über Nacht verschließt.
Widme es vor allem aber jenem unbekannten, sicher
längst vermoderten Baumeister, der um die Jahrhundertwende dieses unser Haus entworfen hat, sowie jedem einzelnen, der dazu beitrug, daß es in die Höhe
wuchs und heute noch steht: ein Bollwerk gegen
Sturm, Regen, Kälte und Finsternis.

Ich widme es allen Männern und Frauen vom Fach,
die mir bisher geholfen haben und weiterhin helfen
werden, am Leben zu bleiben und dieses Leben reicher und bequemer zu gestalten.

So: dem behäbigen Bäckermeister Albert F., der
selbst hoch im Sommer schon vor Tagesanbruch seine
Backöfen schürt. Dem Greißlerehepaar Jakob und Jo-
sepha Z. Dem Fleischer Nepomuk W. Dem Fisch-
händler und seinem Lehrmädchen, deren starke Brille
und deren ungeschickte, erfrorene, vom Blut der
Karpfen gerötete Hände mich rühren. Widme es dem
weit verstreuten Heer von Mitmenschen, die mich ernähren und die ich mit ernähren helfe. Frantisek V.,
der Flickschuster, der meine weitgewanderten Schuhe
besohlt, ohne den Geruch meiner Füße zu scheuen,
sei nicht vergessen. Auch nicht die Angestellten der
Wäscherei L. F. & Co., die von mir nichts anderes
kennen als meine verschmutzten Hemden und be-
schissenen Unterhosen. Und nicht zuletzt jene Leute,
die den Kornschnaps gebrannt, von dem ich nun ein
zweites Glas bis zur Hälfte füllen werde.

Es ist halb drei Uhr Nacht. Zeit also, aufs Wohl meiner Freunde und Zechkumpane Wolfgang H. F. und Herbert E. zu trinken.

Ich weiß, daß beide, wie ich, jetzt im Schein ihrer Schreibtischlampen Sätze bauen, durchlesen, korrigieren, aufs neue niederschreiben; dazwischen in fiebrigkalter Erregung auf und ab gehen, einen Schluck aus der Teetasse trinken, eine neue Zigarette anstecken. Der eine anderthalb, der andere etwa neun Kilometer von mir entfernt.

Aufs Wohl des genialen Malers und Lehrers Rudolf H., zum Gedächtnis an die vielen, faszinierenden Gespräche mit ihm in den ersten kalten Nachkriegswintern und zum Dank für seine Hilfe, seine grundgescheiten Ratschläge, seinen Charme und seine Freundschaft, die ich nicht missen möchte.

Aufs Wohl aber auch jenes ganz anders gearteten Freundes, der um diese späte Stunde längst zu schlafen pflegt. Ich spreche von Joseph S., der niemals abgelassen hat, mich zu ermutigen; der Absatz für Absatz meines Romans und auch dieser Widmung sich vorlesen ließ, ohne in seiner Kritik zu erlahmen.

Aufs Wohl sodann der übrigen vielen Freunde:

Andreas und Charlotte W., deren Ehe nach elf Jahren zerbrach und im Einsturz die unsere ein Stück weit mit sich fortriß. Heinrich und Johanna A., deren Ehe hält. Dem Dozenten Hermann H. und seiner Frau, deren Ehe gleichfalls hält. Helmut K., dem Standesbeamten, und dem Gesellen Rudolf W., dessen Eifer, unablässig dazuzulernen, so manchen Akademiker beschämen könnte. Der liebenswerten, grundgescheiten Fachärztin für innere Medizin Elisabeth S. Und den Rechtsanwälten W. S. und W. S. mit den besten Wünschen für ihr schönes und handliches, in monatelanger Gemeinschaft erarbeitetes Werk.

Den alten Freunden aus Finnland: Irina, Anselm und Josephine H. Den amerikanischen Professoren für Literatur: Harry F. Y., Helmut B., Rosemarie H., und dem Kritiker Thomas W. samt Familien. Dem Schriftsteller und Kollegen P. M., seiner lieben, klugen Frau, ihren Zwillingen und vor allem ihrem dritten Kind, das eben unterwegs ist, mitten unter uns.

Sodann widme ich es Alfred B., dessen Spiel der Forderung nach Genauigkeit und Seele unter allen Pianisten, meines Wissens, am nächsten kommt. Daß er mich selbst in den Jahren völliger Isolation nie abschrieb, werde ich ihm nicht vergessen. Vergessen allerdings auch nicht jenen Mittag, an dem mich sein unerwartet hartes Urteil jäh in einen Abgrund an Depression und Skepsis hinab stieß, aus dem ich mich bis heute nie mehr ganz zu erheben vermochte. Trotzdem sei dies Buch auch ihm gewidmet, wie seiner exotischen Frau, der Bildhauerin I., die unsere Familie durch das lange, schwere Jahr 56 wortlos über Wasser hielt. Ebenso der Bildhauerin Vera D. Dem Diplomaten Anton R. H. in Paris. Dem Maler Hanns von B., gleichfalls in Paris, beide einander unbekannt. Dem Posaunisten E. K. und seinem Orchester. Und dem vitalen, besessen arbeitenden Grafiker Konrad M., der es von Anbeginn vorzog, als Junggeselle in seinem Atelier zu hausen, zwischendurch freilich von jener bekannten Läufigkeit befallen, die ihn durch die nächtlichen Straßen unserer Stadt rasen läßt.

Ich widme es schließlich den folgenden, von mir verehrten Junggesellinnen: Renate R. in Frankfurt am Main. Der unendlich sympathischen amerikanischen Sängerin Dorothy M. Dann Marie-Theres K., Katharina von E., Ilse C. und ihrer Trauer um den unvergessenen Freund. Ich will mir die Heimkehr in ihre kleinen Wohnungen vorstellen: Das Abendessen, das sie sich bereiten, zumeist allein. Die Briefe. Die Nachttischlampe. Das Buch im Bett. Und dann: Licht aus! Und tiefer Schlaf; wer weiß, von welchen Träumen heimgesucht.

Doch auch der Witwe Margarethe S., meiner Schwiegermutter, sei hier gedacht, die — einst von einer Schar lärmender Söhne und Töchter umringt — allein nun in ihrer zu weit gewordenen, kalten Wohnung Abend für Abend vor dem Fernsehapparat einnickt.

Ich werde mein Buch aber nicht nur Freunden widmen, sondern auch Anton Eugen F., dem Manne, der mir einst jene Hörner aufgesetzt, die mir heute noch zuweilen schwere Stunden bereiten. Auch er — und zwar mit einem Fausthieb mitten in die unverschämte Fresse — sei hier nicht ausgenommen. Und auch nicht jene Männer, welchen ich das gleiche antat wie er mir, noch deren Frauen, die sie mit mir betrogen haben.

Ich will mein erstes Buch meiner ersten Liebe widmen. Der Seligkeit, die ich empfand, wenn ich an deinem Haus vorüberging, voll Verlangen, dich zu sehen, voller Bangen, gesehen zu werden. Als wäre es gestern gewesen, steh' ich am Zaun des Eislaufplatzes und seh' voll Neid, wie du im Kleid aus blauem Samt mit einem anderen tanzt.

Ich widme es der glücklich verheirateten Lehrerin Hedwig G., die Jahre danach meine erste Frau, aber auch jenen beiden Mädchen, für die ich — wieder Jahre danach — der erste Mann werden sollte.

Ja, ich will es vor allem den Mädchen widmen. Ihrem rotblonden und schwarzen Haar. Dem Duft ihrer Achselhöhlen, ihrer Brüste, dem süßen Duft ihres Geschlechts. Diesem immer neuen Kennenlernen und — dem unvermeidlichen Abschied. Aller Liebe und Gier und selbst der brennenden Eifersucht, die jeden Gedanken zunichte macht.

Vergilbte Erinnerungen: Ein Gesicht, dicht an meinem im stockdunklen Park von Gleiwitz. An die Nische eines Cafés in Hietzing. An Spaziergänge den Neckar entlang und an verheißungsvoll schwarze Pupillen unter einer Laterne. An Wimpern, Wangen, Lippen, Tränen. Ein Lied, dessen Text ich nicht mehr weiß. An fremde Zimmer, Kammern, Treppenhäuser. Wirres Haar in Kissen. Gesichter, mit geschlossenen Augen abgewandt.

Ich widme es Gertrud B. Die ganze Nacht war ich bei Dir. Im Morgengrauen stahl ich mich davon. Widme es Rita H., Maria, Berta und Senta F., Edith und ihrer schwerblütigen Grazie. Trude S., Lisl S., Lisl S. und Lisl F. und Elsemarie. Der naiven, treulosen Henriette. Helene, Margot, Angelika W., Roberta, Olivia und ihren aparten Schwestern. Widme es aber auch den mir Unerreichbaren und jenen, deren Namen ich vergessen oder nie erfahren habe; und nicht zuletzt Ginette und den anderen fröhlichen Huren von Le Havre, Palermo und Lyon.

Ich widme es ihnen allen sowie all meinen Nachfolgern bei ihnen . . .

Ich widme es dem, der mir die Wahrheit sagte; aber auch dem, der mich belog, wenn ich die Wahrheit kaum ertragen hätte.

Dem, der mir borgte, worum ich ihn bat; aber auch dem, der mich zum rechten Zeitpunkt abzuweisen wußte.

Denen, die mich drängen, mir Termine geben, früh mich wecken. Denn ich bin träge, schlafe gern. Und schwer fällt mir das Schreiben. Wie oft umgehe ich den Arbeitstisch, jeder Ablenkung gern aufgetan.

Ich widme es dem Verleger, der sich einst meiner annimmt. Seinen Lektoren, Setzern, Druckern und den Leuten des Vertriebs. Ja, selbst den Rezensenten, deren Kritik einmal verletzt, ein andermal vor Glück den Atem rauben kann. Kurzum, ich widme es jedem Leser dieser Widmung und allen, die mir heute zuhören; man bedenke nur, durch welch faszinierende Ketten von Ursach und Wirkung gerade hier, zu dieser ganz bestimmten Stunde zusammengeführt.

Diesem sogenannten blinden Zufall will ich nun meine Reverenz erweisen: der jeden von uns jederzeit vernichten kann. Der heute uns vorantreibt, morgen hemmt. Dem ich Frau und Kinder, Freund und Feind verdanke. Der von Geburt an mich immer wieder vor dem Tod und meine Eltern vor zeitweiligem Kummer bewahrte. So etwa an jenem Morgen im April, als ich auf meinem Rad unvermittelt abbog . . . Von ganzem Herzen widme ich es jenem Fahrer, der seinen Wagen da im letzten Augenblick verriß und mich anbrüllte: »Verdammter Idiot!«

Doch nicht nur ihm will ich hier danken, sondern auch dem Händler, der dieses Fahrrad meinen Eltern gegen Raten überließ. Dies Rad, das ich lenkte und das mich trug. Zu dem ich sprach wie zu einem Roß. Das ich zu mir ins Heu hob, wenn ich in einem Schuppen schlief.

Wo ist sein Sattel nun, auf dem ich mich am Anfang weiter Fahrten wund ritt? Wohin der Klang seiner Glocke verweht? Wo jenes andere Rad, das ich im Krieg in Holland auf einem Bauernhof requirierte?

Auch seinem früheren Besitzer, dessen Namen ich nicht weiß, sei mein Buch gewidmet. Gewidmet zudem all jenen Ausländern, die uns und denen wir damals nach dem Leben trachten mußten: Den zahllosen Engländern, Franzosen, Russen, die zwar mit Sorgfalt die Visiere ihrer tödlichen Waffen einstellten, mich aber doch verfehlten, oft nur, wie man so sagt, um Haaresbreite.

Auch meines Spatens will ich hier gedenken, mit dessen Hilfe ich mich immer wieder fluchend in die Erde grub. Des Spatens und all der anderen schönen, nützlichen Geräte: Der Säge und der Armbanduhr, der Tonbänder, Bücher, Medikamente und meiner über hunderttausend Zigaretten.

Ich widme es allen, die in Laboratorien und Prüfstellen diese Dinge unseres täglichen Gebrauchs erfinden und unablässig verbessern; aber auch jenen tapferen Leuten, deren Werk es ist, daß wir heute nicht mehr sechzig Stunden arbeiten und nicht nur eine Woche Ferien machen.

Ich widme es allen, die so im Wachen, aber auch jenen, die nur im Traum für mich Bedeutung haben. Widme es Dir. Und Dir. Und Euch. Euch allen!

Im Bewußtsein meiner Unzulänglichkeit füge ich Seite an Seite, außerstande, mein Thema zu bewältigen. Denn jeder erreichte Gipfel weist hinaus auf neue Reihen von Namen und Namenlosen . . .

. . . so, heimkehrend aus den Weiten der Zeiten und Räume, widme ich, will ich dies Buch aufs neue meiner Mutter widmen, an der ich nichts mehr gutzumachen vermag.

Widme es dem Kind, das sie einst gewesen und das um die Jahrhundertwende an der Hand ihrer jungen Mutter auf dem Damm durchs Schilf am Bodensee gegangen war. Widme es ihren Träumen und Schwärmereien, ihrer Unaufmerksamkeit in der Schule, ihrem Entsetzen über ihre erste Blutung. Ihr und den Freundinnen ihrer Mädchenzeit, die ich nicht kenne.

Widme es ihr und meinem Vater und dem Augenblick, da sie einander zum erstenmal erblickten. Dem ersten verlegenen Wort, das er an sie zu richten wagte. Dem Erröten, der seligen Beklemmung. Ihrem ersten Arm-in-Arm. Ihrem ersten Mund-an-Mund und den Gesprächen ohne Ende, auf gemeinsamen Wegen durchs Ried: durch das abendliche Dorf und durch die erleuchteten Straßen jener Stadt, in der ich, weit danach, in diese Welt geraten sollte.

Widme es ihren heimlichen Stunden zur Nacht. Und will es endlich — indem ich, berauscht nun schon, mein Glas zum letztenmal erhebe — jenem trunkenen, selbstsüchtigen, selbstvergessenen Augenblick widmen, da sie mich, keuchend und inständig aneinander geklammert, gezeugt — so wie ich, ein Vierteljahrhundert danach, mein erstes Kind, meine Tochter, ihren Enkel also und, mag sein, Ahne kommender Geschlechter.